大寒流

落蒂 著

歷經春和夏豔秋熟冬寂的〔大寒流〕

蕭蕭

一、縱橫而行的落蒂

我在「大暑」的節氣裡，閱讀落蒂（楊顯榮，1944- ）的《大寒流》，體驗這春和、夏豔、秋熟、冬寂的人生三溫暖，沉思這十之八九不如意、十之一二小如意、大如意的人生歷程。

落蒂，一九四四年出生於嘉義，讀過台南師範普師科，又讀高雄師範學院英文系，再進入臺灣師範大學英語研究所就讀，落蒂曾是上世紀七〇年代「風燈」詩社主編、創辦《詩友》季刊、主編《文學人》季刊，又擔任泰國、印尼《世界日報》「小詩賞析」專欄作者，曾經榮獲新詩學會優秀詩人獎、詩運獎、詩教獎、文藝協會論評獎、五四榮譽文學獎章，榮譽頻仍降臨。

《大寒流》大部分是他七十歲以後這三年的詩作，但是為什麼卻將七十之後的作品定名為《大寒流》？這真是一件值得探索的事。

大暑的節氣裡，努力閱讀《大寒流》，那是經歷春和夏豔秋熟冬寂的人生歷程的《大寒流》，或許會有一些答案吧！

落蒂這一生最常接觸、接觸最久的兩個新詩社團，一是綠蒂（王吉隆，1942-）所帶領的中華民國新詩學會，一是張默（張德中，1931-）所帶領的創世紀，這期間倒是有些有趣的現象值得在序文中談談說說，增加我們對落蒂其人其詩的認識。

詩壇人士最初認識「落蒂」之名，往往會被「綠蒂」所混淆，蒂字相同，落、綠同聲，兩人年紀相仿，出生地雲嘉相近，詩風因而相似，集名的同質性亦高：綠蒂有《綠色的塑像》、《坐看風起時》、《風的捕手》、《夏日山城》、《春天記事》、《北港溪的黃昏》等詩集，落蒂則有《煙雲》、《春之彌陀寺：落蒂詩集》、《詩的旅行》、《一朵潔白的山茶花》、《詩寫臺灣》、《風吹沙》、《大寒流》等。但綠蒂成名極早，落蒂之名恐怕會湮沒在綠蒂之下。何況，「落蒂」的同音字，有蘋果「落地」的落地，有名落孫山的「落第」，很少人會想到「瓜熟蒂落」的成熟之美、豐收之喜，更不會引伸出「水到渠成」、「迎刃而解」、「順理成章」的俐落瀟灑。「落蒂」的詩歷程，早年或許就是漫長地在等待那「瓜熟蒂落」的日子裡度過，如今，七十之後，瓜熟落蒂，那大寒流的意象究竟來自何處？

六十以後的向明（董平，1928- ），余光中（1928-）說他「向晚愈明」，他欣然接受，八十以後，他以創作、評述，自我證明，詩作愈明，精神愈出。七十以後的落蒂，是不是也以自己的創作證明自己年少的預言：落蒂——瓜熟？

落蒂最早參加的詩社是「風燈」，但北漂後加入的是穿越一甲子、橫跨兩世紀的「創世紀」（1954- ），這是兩個年歲不同、背景相異的詩社。六十年來「創世紀」一向以超現實主義為尚，「風燈」落蒂的詩作、詩評則維持曉暢明朗的均一風格，在眾多前輩詭譎的詩風中，眾多前輩響亮的名聲裡，如何脫穎而出，未嘗不是落蒂的另一個心理壓力，二〇一五年之後落蒂擔任「創世紀」社長職位，是不是又有一種要把詩壇帶向哪裡的責任感的無形壓力？

《大寒流》詩集分成四輯，輯一即是主題詩之大展，與集名相同就稱為〔大寒流〕，佔去全書一大半篇幅，是落蒂七十後這三年來的生命之觸動、顫慄與思索，是盪開小我肉體的苦痛，以此苦痛去碰撞、去繫連大我社會的災厄。輯二〔武界傳奇〕及其後的〔飛升與沉落〕、〔失落的地平線〕輯，則是四處遊歷後的自我撞擊，從金馬外島、日本到大陸昆大麗的域外感，是離開臺灣母土彷彿離開現有肉體的靈魂撞擊，或許不能以遊客的身分進入這批詩作，不能以單純的旅遊詩看待這些詩中的遊思。

落蒂的詩縱橫這世界，我們也進入他的詩世界縱橫而行吧！

二、縱時向的境內大寒流

是的，〈大寒流〉這首主題詩就可以看見落蒂的使命感，關乎國際、關乎民生，從內心、從網路，時而現實、時而想像飛馳：

大寒流竟從內心吹來
——從內心而來的寒流，不寒而慄
面對著熱鬧的人群
閃爍的廣告明星眼眸

客滿的飲食文化城
排隊搶票的某歌星演唱
我的煩憂只隔著一道短小的牆　——內心與外象的對比
從網路抓來的世界各地資訊
看著各國爭先恐後的向榮　——網路與現實的對比
彷彿墜落到蠻荒邊城　——想像的飛馳
坐在千里黃沙的土地上
看著躍馬長嘶的敵騎
漫天烽火燎原燒起　——想像的結束
而人們偏偏無感的划拳行酒令　——現實的冷感
任大寒流在室外呼號　——現實的寒流
酒酣耳熱中
大老鼠已在暗巷排水溝中猖獗　——內心的擔憂
防水閘門早已破損
大海逆擊倒灌誰也來不及奔逃　——真正的寒流

這首詩糾結了落蒂一生的春和夏豔秋熟冬寂，屬於他的、屬於土地和時代的、屬於現實和現實之外的黃沙烽火。

或者，用一首小詩〈瀑布〉來模擬這種矛盾的心境，那是直直的連時帶空的縱落，在歡呼和哭泣之間，驗證弘一大師的偈語「悲欣交集」：

我是一條
被懸崖切斷的河流
從百公尺垂直而下
面向迷濛虛無
日夜傾聽
人們的歡呼
和哭泣的水聲

年齡跟落蒂相近的我、內心總有一處陽光曬不到的我，喜歡繼續追問：「誰是那懸崖？」竟然切斷我！

近三年（2015-2017）落蒂成詩極多，「人生七十才開始」，古人一直這樣流傳，但開始「做甚麼」呢？古人也一直沒說，或許「早就該大大的放逐／放逐自己於一個無人的原鄉」，但落蒂並未放逐自己，他一直在那紅塵裡覷眼觀看，所以，有詩——春和夏豔秋熟冬寂糾葛不斷的詩。

在縱時向的〔大寒流〕裡，落蒂是焦急的，以〈生成〉來說，人工的建築是「一點一滴由磚瓦碎石木片／慢慢堆疊而至數十層／顫危危的立在大地上」，那是亂無章法的醜陋，但連一座森林的擴大，他也認為是一棵樹一棵樹「逐漸的種植生長／以致於濃密到阻隔所有視線／我們便被圍困在裡面」，那是一種無所不在的被圍困的荒城之慌。以〈故事〉為例來看，落蒂有著「薛西佛斯」式的循環悲哀：「故事將會再重新／上演一次／且永遠不斷的／演下去」。因此，在他的詩中，「教堂鎖著，鐘聲不響」，當然也聽不到佛號。即使換個意象思維，他也頻頻追問「冬夜的風狂吼著／你心中的風信旗是否改變方向」？

要不，自己竟像一顆「旋轉的頭顱」：「向左也不是／向右也猶疑／一顆旋轉的頭顱／如陀螺嗡嗡響個不停」。

沒錯，落蒂焦急地為眾生尋找方向，尋找燈光，「只要垂落一小小的螢光／我就得到永恆的照耀」，圖書館的意象，古書溫暖的召喚，因而成為他人生之河的自然流向，大寒流之下取經的地方、取暖的所在。

三、橫斷面的域外小觸鬚

接下來的三輯詩作，大部分還是近三年的作品，都可以屬於大範圍的旅遊詩，這一點，七十以後的這三年，落蒂像極了壯遊四海的壯年張默，一路一帶，一帶一輯。這三輯詩作從金門、馬祖、山林臺灣，到日本、雲南、海南，因為詩會而會友，因為詩會而外遊，都留下了行蹤，留下了左與右的衝撞，內與外的拉扯，春和夏豔秋熟與冬寂的糾葛。

仔細閱讀這三輯旅遊詩，旅遊報導的敘述成分極少，詩會聯誼的酬唱之情也不多，輯二的〈武界傳奇〉雖然也有臺島的旅遊詩，卻是遠離塵囂的深林山坳，此輯先將金門、馬祖的詩作置放前頭，第一首是二〇〇五年的舊作〈金門碉堡——記八二三印象〉，最後的結尾將老兵的心境、時代的尷尬，點化得極為亮眼：「坐在碉堡射擊口的老士官／狠狠的把槍扔在地上／啐了一句／他奶奶的打了一整晚的砲／也不會挾一張／故鄉的消息過來」。其後各首金門行的作品都以「散文詩」方式表達，這些設計，顯然都有意以時間、以空間、以書寫方式「陌生化」，將這些詩作拉到「域外」的作用在。

輯三是〈飛升與沉落〉，旅日之作，落蒂刻意寫出時間的老朽、敻遠、腐味，將遠本就是域外的日本經歷拉得更遠，彷彿有著唐朝的檜木香沉沉地漂浮著。如〈黑部立山雪牆——旅日手記之一〉，落蒂以「一片冷寂的白」拉開了心與紅塵的距離，拉出了「域外」的玄思可能：

讓宇宙的浩瀚
形成那一堵空空洞洞什麼也沒有的白
那一堵延伸到無限
延伸到前後上下左右

一片冷寂的白

這樣的域外感，完全表現在輯四的〈失落的地平線〉。〈失落的地平線〉主軸放在昆大麗，東巴文明，香格里拉，神秘安祥的境界，如落蒂所言，「千百代的光陰」在這裡，彳亍、流連，「一種生命的律動」在這裡，自然的前俯後仰。

這是現實的大寒流裡，敏感而溫熱的小觸鬚。

這是七十後的歲月中，域外的玄思，小小的人生慰藉。

二〇一七年大暑後處暑前台北市

詩，讀他，讀心，讀情

——讀詩人落蒂詩集《大寒流》兼代序

林煥彰

詩，讀他，讀心，讀情，還得再讀什麼？

他，這裡指的是作者，是詩人；讀心，讀情之外，還有什麼可讀？這些都是我自己在問我自己，要不要給答案，要怎麼給答案？我都還在想。

他，是老友，是詩人，是落蒂；是老友，可是我未必就能懂他；落蒂，這個詞，應該可以理解它字面的意義，如以瓜果來說，它就是成熟的；但常常聽他自己說：落蒂，閩南語諧音——落第，指的是留級，做什麼都不好，不及格！我知道，這是他的自謙，從年輕開始寫詩，取的筆名，他就這麼謙虛。他這麼謙虛就一路孜孜不倦的創作，很踏實的累積了很多很好的成果。現在還在累積……

讀他，落蒂的本名楊顯榮，這位老友，認識幾十年了，我常常大而化之，平時真的我不太認真的認識他這個人；他，真正的落蒂是位什麼樣的詩人？要說他的普通，實在不是我認為的普通，我現在把他的本名和筆名拿來放在一起，認真對照，才發現：顯榮和落蒂（第）的字義，完全兩碼子事，有完全相反的旨意！這讓我突然醒悟，老友他原來平時說的話，常常都不是他自己所說的那樣——像開玩笑，卻又似隱含不知所云的，有相反的意思。因此，我認為他是大智若愚型的詩人，深藏着得慢慢用心讀他的心靈，讀他的空靈；我能讀到的不是表面看到的他，因為我連我自己也讀不懂自己。

落蒂的詩好讀嗎？你能讀懂嗎？通常我不敢說我能讀懂詩，那是很危險的；我說讀詩讀心、讀情，我是試着用心去讀，用心去感受，我能感受多少算多少；我習慣用這樣的不確定、不功利的模糊方式在讀詩，我重視心靈的感受；我在乎一首詩有心無心，有情、無情，它給了我哪些啟示、哪樣的感受……，我為何讀它，而又一而再的讀？

讀心、讀情之外，我還能讀出什麼？我的內心的需求是什麼？

寫詩，我習慣認為寫詩像採礦，生命是值得挖掘的。

詩人落蒂兄的新詩集《大寒流》，還未出版，我能有機會先拜讀，十分榮幸。讀他的詩，很親切；他的詩，他是不做怪的，一向都是讀得很愉快；他的詩，有很多我所沒有的十分珍貴的人生、深刻的挖掘、獨特的感悟。

《大寒流》分為四輯，超過百首，相當豐富、多元多采；而且每一首都在報紙副刊、詩刊、雜誌發表過，包括：《秋水詩刊》、《創世紀詩雜誌》、《乾坤詩刊》、《華文現代詩》、《海星詩刊》、《自由副刊》、《聯合副刊》、《中華副刊》、《文訊》、《野薑花詩刊》等，能見度非常高。寫這部詩集的詩，他的足跡遍佈台灣各地，還遠及金門、馬祖、日本和中國大陸……，很多我都沒有走過的地方，即使走過了，我也未必有詩可寫！

輯一：大寒流，約有五十首，從第一首〈大寒流〉開始，其篇幅和份量，佔整部詩集的一半；足見詩人落蒂自己對這部分作品的重視，我們當讀者的，也應當重視它，別輕輕讀過。

輯二：武界傳奇，第一首〈金門碉堡——記八二三印象〉之後，有五首散文詩形式的作品，值得細細品味，不僅是書寫戰地，更堪玩味的是他散文詩的成就，有獨特的風格和韻味。

輯三：飛升與沉落，第一首〈在楓紅中飛升與沉落——黑部立山賞楓心情〉等旅日詩作二十多首，雖屬書寫旅遊心情也深及心境。

輯四：失落的地平線，第一首〈膜拜——為馬祖文化節朗誦而作〉，二〇一〇年十月應邀在湄州島媽祖廟前朗誦，是一首長達五十行的詩作，雖屬民間信仰題材，他寫來也氣勢磅礴，相信那是一次盛大的演出。

落蒂這部詩集的作品，始於二〇〇五年至二〇一七年六月，而集中於二〇一五、一六、一七年為最多，可見將是他接近巔峰造極之作，作為讀者，我們是不能大意的，必須多留意他的更高峰的發展。作為老友，寫詩的同好，我更要好好的仰慕他。祝賀他。

詩人詩心，詩情，我讀他的詩的空靈……

（2017.08.25／11:24　研究苑）

蒼茫與化境同在

——讀落蒂詩集《大寒流》

向陽

落蒂（本名楊顯榮）從年輕時就以詩聞名，一九四四年生於嘉義的他，曾是一九七〇年代戰後世代詩社「風燈」詩社的主力，主編過《風燈》詩刊，捲過千堆雪。這一路走來，瞬忽已越半世紀，目前還是台灣元老詩社「創世紀」的社長，持續推動詩運，一無懈怠。編詩刊、推動詩運之外，他讀詩評詩，也頗有建樹，早在一九八一年就出版詩評集《中學新詩選讀——青青草原》一書，造福無數喜愛現代詩的讀者；二〇〇〇年自高中教職退休後，更是傾力於現代詩的文本賞析，分別在《國語日報》「新詩賞析」專欄、《世界日報》「小詩賞析」專欄、《台灣時報》「讀星樓談詩」專欄，分別結集為《兩棵詩樹——詩神的花園》（與吳當合著，爾雅，2001）、《詩的播種者》（爾雅，2003），為愛詩的讀者打開現代詩之窗，指引欣賞與創作的門徑。

無私奉獻於詩壇，也使他的詩創作量相對銳減，從一九八一年出版第一本詩集《煙雲》之後，隔了十六年，他才推出第二本詩集《春之彌陀寺．落蒂詩集》（1997）和《詩的旅行》（1997）；退休後則出有《落蒂短詩選》（2002）、《追火車的甘蔗囝仔》（2005）、《一朵潔白的山茶花》（2010）、《臺灣之美 詩寫臺灣》（2012）和《風吹沙》（2016）等詩集，展現了他在詩創作上的成果。

這本新著詩集《大寒流》，算來是落蒂的第九本詩集了，收入的是他從二〇〇五年寫到二〇一七年的近作，其中分量最多的則為近兩年作品，可說是邁入「從心所欲不逾矩」之齡的總展示。透過這本《大寒流》，可以讓我們看到詩人對時代、社會的憂心，對自然、人文的詠嘆，以及他個人內在心境的呈現。整體來看，落蒂仍維持一九七〇年代戰後代詩人明朗的語言風格、關懷社會和土地的寫實精神，他的詩，可讀可解，並不晦澀，在看似散淡平易中，總是留有極大的想像空間，供讀者介入、延伸。他對弱勢者的關懷，對現實生活中的諸多人生相，也有深刻體察，並且能將自身的受想帶入，形成真摯動人的語境，進而形塑特屬於他自己的風格。這樣的作品，在這本詩集中俯拾即是。

詩集題為《大寒流》，似有深沉寓意，作為與詩集同名的「輯一」也名為〈大寒流〉，收錄作品、篇幅，占整本詩集已過半，收的則是落蒂行年七十之後的詩作，其中有對時代的感慨、有詩人的苦悶與心痛，一如〈大寒流〉這首詩作所呈現的「大寒流竟從內心吹來」的蒼茫心境，詩人所見，盡是歌舞昇平，「而人們偏偏無感的划拳行酒令／任大寒流在室外呼號／酒酣耳熱中／大老鼠已在暗巷排水溝中猖獗／防水閘門早已破損／大海逆擊倒灌誰也來不及奔逃」——這樣的無奈、慨歎或憤怒，在詩集中也多有呈現。這類詩作，通常出於詩人對時代、社會和環境的憂慮，所以也多出之以直白的語言，修飾不多，但真情濃烈，表現了年過七十之人「從心所欲」的自然語風，讀來真切動人。

輯二「武界傳奇」、輯三「飛升與沉落」，以及輯四「失落的地平線」三卷，則是落蒂近幾年來的旅行之詩；相較於輯一「大寒流」

的蒼茫，這些旅行詩作顯露的則是另一種遨遊現實之外的酣暢。落蒂寫金門馬祖、寫日本黑部立山，乃至寫中國名山秀水，都含帶感情，能將心境和所見外境融於詩的語言之中，語言也較濃縮、明亮、簡練，部分詩作更有畫境／化境之美。剛好與「大寒流」形成對照，讀者可以從所收詩作，細細品味。

與落蒂認識已近四十年。四十年來，詩壇變化甚大，台灣也從威權獨裁年代轉為自由民主國度，唯一不變的是詩，對詩的喜愛和信仰，讓友情長在。很羨慕落蒂年過七十，仍生猛如昔，詩興如泉源不斷，而有此詩集之出。這本詩集，前半可稱為「蒼茫之詩」，後半則多「化境之作」，剛好構成了落蒂七十後詩風的特色。謹以此文，寫我的讀後，並願落蒂繼續書寫，寫出更多動人詩篇。

〔目錄〕

輯一

大寒流

大寒流

大寒流竟從內心吹來
面對著熱鬧的人群
閃爍的廣告明星眼眸
客滿的飲食文化城
排隊搶票的某歌星演唱
我的煩憂只隔著一道短小的牆
從網路抓來的世界各地資訊
看著各國爭先恐後的向榮
彷彿墜落到蠻荒邊城
坐在千里黃沙的土地上
看著躍馬長嘶的敵騎
漫天烽火燎原燒起
而人們偏偏無感的划拳行酒令

任大寒流在室外呼號
酒酣耳熱中
大老鼠已在暗巷排水溝中猖獗
防水閘門早已破損
大海逆擊倒灌誰也來不及奔逃

——《秋水詩刊》一七〇期，二〇一七年一月。

危城

兩隊人馬開始叫囂前進
在汽車與汽車之間衝撞
奮勇向前中似有某種因素在支撐
即使渾身流滿血也不懼怕
強力阻擋的盾牌鐵絲網也被衝破
這種畫面世界各地都常演出
仍有人遠遠的冷眼旁觀

有人大喊衝啊　那一點點柴薪
如何點火過冬
有人追悔啊一張珍貴的名畫
在衝撞中變成廢棄物
一排排竹梯探向平房屋頂

一陣亂石流彈掃向店面玻璃
小貓小狗向街尾暗巷奔逃

冷霜落在無辜人們心上
生活困難指數上升破表
到處都是兩邊罵聲震天
紅眼其實也認不出敵人或自己
只見一片天昏地暗飛沙走石
只有疲憊是公道伯
讓兩邊暫歇一會兒
仍然有長遠的戰爭
永無止盡的開打

——《秋水詩刊》一七〇期，二〇一七年一月。

悲傷十四行

那蟬鳴給誰聽
而我耳內多年來早有蟬鳴
仔細再聽又似響自遠方森林
也似混雜市聲

從未有過的頹喪
觀看歷史的長河
或亂世或太平一路都走過
而今竟只能雙手合什
跪在佛祖大殿前

驟雨的夜晚
遠方傳來多恐怖的災難消息

沒有人敢拍胸保證誰的人生可以無憂
沙漠能出現綠洲啊
不毛之地也能收割稻谷

——《創世紀詩雜誌》一八〇期，二〇一四年九月。

詩三首

一、命定

不要再迷糊了　孩子
彷彿從雲隙間傳來的話語
清晰得可以讓即將死去的腦門開竅
清晰得可以讓整個城市將黑死病趕走
你的臉面將從陰暗逐漸
透出光明粉紅
無所謂成功或失敗
本來人類不論誰
富裕或貧窮
權力大或卑微渺小
都將在最後通通走進墳地

你的眼睛透出什麼訊息
信或不信都隨你
只是你嘴角
似乎比那山崩土石流還倔強
直接把我想再反駁的心意
狠狠的擊了回去
此刻你的顏面又由粉紅轉黑
回復原來狀態

二、瀑布

我是一條
被懸崖切斷的河流
從百公尺垂直而下
面向迷濛虛無
日夜傾聽

人們的歡呼
和哭泣的水聲

三、阻隔

來看我的那些
昔日的同道
竟只為我的手顫抖
眼神呆滯而激辯
他們不知道我內心裡
那一團熊熊的怒火
只要一張口
即可焚毀
我暫居的茅屋
只好把自己囚禁

讓一切的聲音
阻隔在外

——《秋水詩刊》一七一期，二〇一七年四月。

虛浮的夢

你的詩裡有一大片風景
遠山之外還有一朵朵浮雲
浮雲之外另有一串串你的夢
山腳下有一條溪流
流著千古以來詩人的心聲淚痕
每一代每一代的行人
都只有匆匆走過
對這些篇章
彷彿和看到那些風景
那些浮雲一樣
是你虛浮的
夢

——《乾坤詩刊》七六期，二〇一五年十月。

那人

那人的腸胃
一直咕嚕咕嚕的告白
別說是久不聞肉香
就是一碗白米飯的滋味
已有好長一段時日未碰上了
腦子一直嘟噥
為何仍留戀那一畝荒田
未收成已久的空空口袋
也掀起一陣風的訕笑
遠方也一直有一種聲音
說該是離開的時候了
早該揮揮手
告別這困居的田園

那人終於讓細小的影子
消失在
地平線上

——《乾坤詩刊》七六期，二〇一五年十月。

生成

一座建築之生成
竟然不必依賴設計圖
它一點一滴由磚瓦碎石木片
慢慢堆疊而至數十層
顫危危的立在大地上
一片草原之繁殖
竟然不必規劃
它一畦一畦由各種植物蔓生
以致於雜亂的局面形成
一座森林之擴大
乃由於一棵樹一棵樹
逐漸的種植生長

以致於濃密到阻隔所有視線
我們便被圍困在裡面

而一切的一切
都是因此而
生成存在

——《華文現代詩》十二期，二〇一七年二月。

憤怒

憤怒像排山倒海而來的波紋
一層層一陣陣推湧而來
有一些不可知的力量
藏在中間
山巒在危急中傾斜
屋宇在嘩啦嘩啦聲中碎裂
人們奔逃的樣貌
彷彿被毀古城情況再現
你不必懷疑那食人魚的力量
瞬間可以使一隻大象
祇勝骸骨
有一些聲音逐漸減弱
逐漸隱去

那時你將看到世界復原的狀態
有些歪斜有些變樣
有些不成曲子的歌曲
到處傳唱著

——《華文現代詩》十二期，二〇一七年二月。

故事

不斷上演的
讓人看得津津有味的
原來是即將發生在自己身上的故事
且主人竟從鏡子的背面
慢調斯理的走了出來

他慢慢的表演著
一杯乳白色的液體
竟在瞬間變成鮮紅
慢慢的拿出一張畫
畫中的枯樹
竟然長了新芽

畫中人出來了
對著破碎的群山和河流
哈哈大笑
且吟著
江山代有
才人出

有人不滿的上台
刮去台上主人的鬍子
脫掉他的手套
觀眾全部站了起來
想看清楚全部的騙局

台上主人把十指伸出
變成無數的管子
迷湯就灌進了所有觀眾

大家都醉了
忘了此刻的代價

突然燈全熄了
觀眾從醉夢中清醒
一切都空白了
故事將會再重新
上演一次
且永遠不斷的
演下去

——《秋水詩刊》一九六期，二〇一六年十月。

孤寂的夜

夜色逐漸暗下來
我們沒有交集的在原野亂走
你走縱的，我走橫的
反正都在同一平面上
你說所有人都佔據天體的一個方位
還會有我的位置嗎
一顆淚便輕輕掉了下來
想起昔日用力的攀爬
突然全身癱軟
本來也可以如
那一隻水田角落的鷺鷥
隨便撿拾別人剩下的魚蝦
在一個小小的一方天地

平靜的吞食
渡過一個孤寂的夜
這樣就不必互相關心
未來到底會如何
至於相遇與否
或許就如參與商吧

——《創世紀詩雜誌》一八八期，二〇一六年九月。

絕然的那一刻

那時我以用心搜尋的目光
四周掃射而過
城市大街荒涼著
所謂豪宅也空無一人
連一隻狗一隻貓也沒有
只有走不動的花草樹木
留下來與土地共存亡
它的主人何處不可以為家
而悲傷而災難一直像天空的烏雲
四周掩映而來
菌子們正大力的繁殖著
是應該下場大雨，悲傷的大雨
至少雨後有可能出現彩虹

七彩的光，什麼紅橙黃綠藍靛紫的
總比一團黑雲來得迷人
也可以把光芒當作神蹟
在無望中乞求希望
然教堂鎖著，鐘聲不響
佛號呢？佛號更聽不到一聲
一面搜尋荒蕪中的生機
一面自己在胸前劃十字
更或者自己念佛號

——《創世紀詩雜誌》一八八期，二〇一六年九月。

河流的方向

用心注意周遭的一切
車輛行人如何混亂交錯而過
訊息快速進入人們眼耳之中
謊言更干擾本已不平靜的心
不停地轉貼傳播

白天竟成黑夜，青色變成黃色
燃點到時自動點火
啊！我不止落寞而且是哀傷
且有無止盡煩憂

四壁古書竟然伸出溫暖的手
且暗示我親近它們躲進它們懷裡

多少人物朝代更替
只有靜靜的讀著他們留下的滄桑
我也是一條日夜奔騰的河流
就讓它自然流吧
該流向那裡
就流向
那裡

——《創世紀詩雜誌》一八八期，二〇一六年九月。

遙遠的燈光

孤寂的走著
遙遠的燈光就在那裡
走得精疲力竭卻還似遠忽近
有時竟不辨東西南北
似乎在眼前一抓
卻又溜後一步或者
溜到後面
回頭又似在前
就那麼一小步而已

曾經自以為航行中的發現者
就為這麼一小點光明
弄得魂不守舍

然心意已決還是向前
只要垂落一小小的螢光
我就得到永恆的照耀

——《創世紀詩雜誌》一八八期，二〇一六年九月。

旗

冬夜的風狂吼著
你心中的風信旗是否改變方向

低頭苦思的人
為何用煙頭
把心愛的寵物狗燙傷

許多人都離你遠去而你不知
為何你的眼神如此恐怖
酒猛喝且狠狠的
把酒瓶擲向夜空

好幾天沒看見你盤據原地
你浪跡何處
你的指標旗幟
正在遙遠模糊的遠方
逐漸淡去

——《創世紀詩雜誌》一八八期，二〇一六年九月。

逝

記得那年我們走過的那一條路
斜斜的穿進一片茂密的森林
而我們戲水的那一條河
也在暑熱正盛時
從一片茂林中走出來向我們招呼
它彎彎曲曲的姿態
只屬於這炎熱的盛夏
枯水時我們在砂礫中奔跑
喔！不再回頭的璀璨年代
琥珀色的消失無蹤
忽隱忽現的歌聲
好遙遠

——《創世紀詩雜誌》一八八期，二〇一六年九月。

啞

他們畫了多重的風景消失
他們計畫創建的舞台不見
一片黃沙的魔鬼城
核爆後的悽慘荒涼
雄雞啊再現啼叫黎明
戀人啊再現羞嬌的面容
亂竄的星系
亂奔的流水
剛剛相遇就要別離
你編寫怎麼樣的劇本啊
剛剛還在奏鳴的曲子啊
竟紛紛喑啞了

——《創世紀詩雜誌》一八八期，二〇一六年九月。

殘火

你說你要遠行
讓我以為
來載你的應是藍寶堅尼
抑或是超流線型的轎跑車
然而遠遠馳騁來的
竟是一輛老舊自行車
你沒有揮手更沒有吻別
已經沒有熱度的殘火
再怎麼也烤不回年輕的夜
就讓河水不回頭的流
我把你留下的長髮
放在一堆松枝中

等待那天
它落地後自燃

——《創世紀詩雜誌》一八八期，二〇一六年九月。

笛聲

這樣一步一階向上爬
能否到達所謂天國
實在懷疑那些令人迷惑的指示
如同原則上昇的黑煙
更像紅燈區的迷魂香
伸出五指竟然不見
莫非世界已經黑暗
所有零亂聲音都響起
所有野蠻的叫囂都激昂
所有杜撰的情節都演得生動
所有他們要推倒的都已躺平
把一切玩在手裡
把原有的都已拆解

夜色中怎又傳來
消失的按摩女笛聲
如此淒涼

——《海星詩刊》十九期，二〇一六年三月。

夕陽心事

所有人都互相搭肩搖擺
輕歌中心情逐漸興奮
忘卻了一切包括時間
營火正狂燃著
往日情懷也正在口中低吟

所有悲喜交集事
都紛紛猛撞腦門
年輕活力幹勁
還包括野心
都逐漸遠去

不成調的歌仍哼著
肢體仍隨節奏擺動
啊，誰又會忘記夏日
沙漠中的狂奔
以及極地冰雪中的穿梭

你知道那最可怕的
正是靜悄悄傷人的時間
防不了太陽上升
月亮下沉
更擋不住黃昏彩色烈火的焚燒

——《自由副刊》，二〇一五年五月三十一日。

黃昏偶拾

黃昏散步經過里辦公室
里長看見叫住領重九敬老金
啊！回頭一望
後面竟然走過一段長長鐵軌

一條通過崇山峻嶺
有斷崖險坡
有風雲處處
當然也有春和景明的路
走過日常獨坐的山石
它看著旁邊小湖的波光

正映著夕陽的餘暉
還有一棵枯樹的倒影

小松鼠正在等我餵牠花生米
一群螞蟻也正列隊扛著食物回家
年輕時努力尋找資料的圖書館
館員正要關上大門

——《自由副刊》，二〇一六年四月十三日。
——入選焦同主編《2016年台灣詩選》。

放逐

放逐自己吧　放逐
放逐整日汲汲營營的凡夫
早就該大大的放逐
放逐自己於一個無人的原鄉

心是一切的指揮
它斤斤計較於多或少
計較於黑或白
計較於掌聲的大小

在人與人之間
說不完的糾葛
算不清的總帳

何況還有種族爭端
語言的誤解

向孤獨的國度前進
向難處招手
向煩憂說甜言蜜語
向地殼
最脆弱處
傾斜

——《創世紀詩雜誌》一八五期，二〇一五年十二月。

頂禮

知道你一直尋找那拉琴的身影
吹簫的身影
以及一面向南的窗
還有一片夢的草原
在恍惚中

而我是孤單的旅人
在飄著小雨的寂寞小徑
遙想那不勒斯的汽笛聲
以及愛琴海的波浪
頻頻招手

啊！那麼遙遠迷濛啊！
如藏傳佛教的某些寺院
如人人想達到金頂的峨嵋
如人人想朝聖的布達拉宮
總遠遠的在前方屹立

一切總是混沌的黑
而車子仍魚貫前進
心中想總會融化
那黑總會變成亮藍

——《創世紀詩雜誌》一八五期，二〇一五年十二月。

旋轉的頭顱

昨夜走在一條小路上
用力企圖把一團黑影踩碎
竟然是可怕的移來移去的蛇
突然在前
又迅速在後
一下子在左
又一下子在右
內心有咚咚的井水聲
啊呀！那是多古老的一口井
也是一片黑
也泛動著飄忽的蛇影
什麼時候比此刻
還慘

向左也不是
向右也猶疑
一顆旋轉的頭顱
如陀螺嗡嗡響個不停
在內心淒厲的叫著
尖銳的叫著
只好抱著路旁的大石
嚎啕大哭起來

——《創世紀詩雜誌》一八五期，二〇一五年十二月。

空

這樣漆黑的冬季夜晚
門無所謂自然或不自然的開著
說不出什麼理由的開著
有人要回來
或者有人要出走
其實也沒有人回來
也沒有人出去
屋前枯樹最後一片黃葉
悄悄
掉了下來
而微弱星光下
一個人影也沒有
只有門無所謂的

開著
黑漆漆的前面
面對著
所謂
天涯

——《創世紀詩雜誌》一八五期，二〇一五年十二月。

生滅

總是嚷嚷你是孤寂的
其實我才是

總是無來由的想起
你該擁有的一片田園
或者一片山林
長久在水泥叢林生活
骨頭已退化肌肉也萎縮

告訴你這些年來
我是靠著它們
向藍天中的飛鳥招手

其實世間的萬事萬物
早已習慣於它們的生滅
我也就沒有任何顧慮
躺在地上看白雲悠然而去

——《創世紀詩雜誌》一八六期，二〇一六年三月。

懷疑

或許你是該抱著積極的懷疑
懷疑它怎麼會是一件完美的作品
懷疑作者只是一時興起的塗鴉
或者還要懷疑更多
更多人們不知道的機密

從上帝開始搖頭起
接著是評家搖頭
只有少數人冒險大力讚賞
而他們是帶著惺忪的睡眼
以及
不願公佈真實姓名前來

或者作者該有一批欣賞者
在被人揭開面紗時
可以相擁痛哭
或者我不該懷疑
以免所有的因子
都絞在一起

——《創世紀詩雜誌》一八六期，二〇一六年三月。

聲音

有時你訴說很多
其實很多都是空拳
打在棉花上
或者
只在空氣中亂舞

好吧我畫一個靶心
讓你射三箭
也許常常反射到
天外天
空空的浩瀚

沒有方向也是方向
你的人生觀中
許多虛無的點
我不知道你立身在
什麼位置

果然有聲音來自
宇宙某處
就用心靜聽
一切就在
密不通風的風中

——《創世紀詩雜誌》一八六期，二〇一六年三月。

車行筆記

生命的列車出發
緩緩的從黑漆漆的洞口開出
以哇哇大哭的笛聲
向世界宣告我來了

我來了
火車的眼睛
以微弱的光探向世界
看什麼都新鮮
於是睜大光亮
向世界熱烈歡呼

火車緩緩行駛著
經過某些小站還有中繼站
然後開始奮力爬坡
氣喘吁吁向世界告白
四字仍然靜靜看著他

日漸西斜，火車緩緩從山坡下來
回首望著走過的長長鐵軌
搖搖頭仍然需面對前方的涵洞
對著黑漆漆的洞裡嘆息一聲
仍要緩緩開進去
無法繞路

——《創世紀詩雜誌》一八九期，二〇一六年十二月。

追尋

用心追尋著
從大路彎進小巷
左拐右彎
彷彿一切都似曾相識
一樣的圍籬
一樣的房舍
一樣的樹林
孤單的找著
找著
何人可問路徑消息
衛星定位上沒有註記
地圖上也沒有說明
所見到的只有附近的竹林

竹林旁的儲穀倉
還有就是
一條彎進遠方山腳下的小河
就這麼尋找了一個夏午
什麼也沒有的一片
迷濛
什麼也沒有的一片
空白

——《創世紀詩雜誌》一八九期，二〇一六年十二月。

夢境

彷彿在那波浪之間
有一層一層的漣漪掀起
無法從你指示的方向
追尋已失去的往日圖騰
更無法釋懷那深深的傷痕
一切都如海浪
一再一波波的衝向我
那曾使我滅頂的往日大海
一再的在我腦中盤旋
掀波
一再回航的船隻
彷彿載著你飄忽的影子
彷彿有無法排斥的思緒

都像你我之間那透明的玻璃
阻隔一切無法穿越
你留在我詩冊中的點點滴滴
早已模糊如昔日黃花
天際的白雲迅速繁殖遮住視線
並佔滿腦中像一堆堆的棉絮
是一堆堆無法撥開的
夢境

——《創世紀詩雜誌》一八九期，二〇一六年十二月。

海邊老者

他看著數十年來培育的苗圃
長出一些奇奇怪怪的花木
開出一些醜陋的花蕊
長出一些怪異的果實
心中想著，這是我一直
夢寐以求的大植物園嗎

走到食品街
看到糞土的麵條
如垃圾的米飯
黑漆漆如油墨浸過的魚蝦
連忙到水溝邊狂吐

再走到細心經營的動物園
一隻隻獅不像獅，虎不像虎
怪嚇人的猿猴猩猩
各種從未見過的動物張牙舞爪
一時嚇得狂奔起來

老者自問：這是原先我要的嗎
坐在海邊凝視波浪
突然水龍捲升起
黑壓壓的水霧降下
老者頹然倒向海邊
被海浪衝著走

——《創世紀詩雜誌》一八九期，二〇一六年十二月。

九孔池

那些臨海鋪設的九孔池
退潮時裸露的池底
留下許多九孔生前的殼
養殖人已不知去向
遺跡是人們在要或不要之間
有用或沒用的考量
所留下的印痕
海潮日夜不停的拍擊
海中偶而有船隻反射的亮光
我想著許多生命的謎題
也許船來了又去
留下些許人生的繽紛故事
仍然有許多以藍天的變幻

嘲笑我困坐濱海的愁思
他滿足於他自認的快樂
我陷落在我自己的迷茫
廢棄的九孔池
長年以來見證日升日落
海潮音的不斷拍打
快樂人去了煩惱的人也沒留下
滿天星斗依然自在的閃爍
心中突然升起
人生就是這麼一回事
所有人都走了
天體的運行依然照舊

——《創世紀詩雜誌》一八九期，二〇一六年十二月。

現世十四行

樹木緊緊以根鬚抱住大石
世界末日傳言四起
一個蒙面盜以雙槍轟向臉頰
春天明顯降臨，櫻花滿山紅
有人伏地諦聽地球的心跳
而人們看不見即將籠罩的陰影
拚命窮追淫欲

太陽也以日蝕暗示
到處有人宣稱自己是先知
而人們卻不知某種物質已入侵
外表完好而內在空虛
有東西在四周鏗鏘作響

當所有人都脫掉華服
只剩軀體空空的展示

——《自由副刊》二〇一三年六月九日。

心情記事

靜靜的看著物換星移
光影在我四周的變化
多少人間故事
充塞我小小的心

有一種來自宇宙深層的
呼喚
強烈撞擊我的耳膜
互相追逐的光影
閃爍在我四面八方
我專心一意企圖
抓住任何小小的聲音

而無盡的哀傷
終於還是歸還落寞的我

面對大山
面對森林的黑暗
露出無比深情
而一整列枯松的手臂
仍然昂然伸向天空

亦在山與山的交界
河的對岸
流浪而黯淡的臉
投影在河水的鏡面
只有風知道
髮已快掉光
無法分邊

再如何偽裝打扮
也無法逃過自然律

天體的運行
和時光的注視
它會看見我此刻
存在的虛無

時光之流
仍然日夜奔騰
我那蒼老的肌膚
竟禁不住侵襲
那逐漸荒蕪的詩園
也默默承受嘲笑
流雲過處
只有發白的蘆葦

在白日將盡的昏黃裡
輕輕搖曳

希望已經如雀鳥
朝向灰色的天空飛逝
本來已是淡定自處
卻變成小徑上的落葉
任人踩踏
而越飛越遠的那雀鳥
彷彿還用一根線
緊緊牽動我
猶疑不定的心
只是那形體已沒有靈魂
對什麼都引不起興趣
也許只有讓痛上再加痛

才會挽救如大樓即將崩塌
避免一切歸零

——《創世紀詩雜誌》一七四期，二〇一三年三月。

心緒軌跡

一

歲末在燈下細細檢視往日一切
在春和景明到來之前
本以為已安然跳過
那萬丈懸崖
本以為過去縱有風浪
也不過一點點微波
想不到春來乍到
竟然是風雲處處
雖不至驚濤裂岸
但孔老夫子所言
七十而隨心所欲

卻讓人大大的逾矩
於是每到靜夜
就會捫心自問
把飄飄盪盪的心思
一點一滴記下
或許將留下一些
煙霧迷濛的詩
或者一切
零零碎碎的篇章
把心思繪成
一條長長的鐵軌

二

石頭靜靜沉睡路旁
油加利以青綠之姿陪伴左右

需要挖個池塘儲水
陽光會在水面閃爍
顯出石和樹的倒影
你也會怡然坐在石上
望著身旁正抬頭仰視你的
小松鼠
你丟給牠幾粒花生米
心想等待竟不知有無希望
也不知要向誰訴說
這密密糾結在一起的心思
有人說大家不都是這樣過著
就是什麼也不想的活著
抬起頭來
陽光正從樹隙間射來
刺得我眼睛好痛

只好低下頭看著地面
　一群螞蟻正列隊扛著食物回家

三

仍然在圖書館中搜尋
尚未閱讀的書何其多啊
要探知人生的意義
溪水的冷暖就可以告訴你
那對綠頭鴨在水中悠游多久了
自牠飛抵台灣過冬
就留連忘返至今
看到百葉窗明暗的閃爍
彷彿告訴我某些
某些海洋在暗夜掀波的意義
那位佔用閱讀室睡覺的青年

抬起頭來看看四周
又伏在桌上繼續沉睡
睡就睡吧
真理正在越過所有書籍
向他靠近

四

走著走著
竟然成了一隻無頭蒼蠅
在透明玻璃窗前亂撞
即使會墜落萬丈懸崖
也不知懼怕
任何一片枯黃落葉
都被視為珍寶
齒牙掉落，頭髮灰白

一切都回不到從前了
選了溪畔一叢蘆葦旁坐下
獨對著紅紅的巨大落日
低頭沉思

五

當然不能詳細告訴你
近日心情的所有轉折
那種又想向前又有些遲疑
總在面對抉擇時發生
那遙遠的北極光
總在我獨自對窗時
格外明亮
我往往無法理解你說的話
以及你寄來的小詩

也許一切都還沒開始
也許已經結束了
在掀開琴鍵時
欲彈又止

——《創世紀詩雜誌》一七五期，二〇一三年六月。

遁

夜鷺在黃昏的微光中
向北飛行
北港溪的流水不斷向西流
站在堤岸上的我　看著即將下沉的
紅紅落日
想起早年已忘卻的誓言
遂撿起一支斷竹當劍
左右不斷揮舞砍殺無辜的菅芒草
野煙四處陣陣而起
天地間彷彿剎那變色
禁不住的愁思如斬不絕的芒草
伏倒下去又站了起來
黃昏星噙著眼淚垂憐

四面八方掩來的力量
把人緊緊縛住動彈不得
只好仰天大笑後而嘆息
天際又出現幾滴細小星淚
頹然坐在溪堤上
看著幻化成一道黑色布幕的溪流
遁入無邊的夜色

——《聯合副刊》二〇一六年九月二十一日。

奔

那樣沒命地跑著
在大雨紛亂的時序中
沒去想是否和從前一樣
望著天涯，以不安的腳步
像迷路的鹿
穿過好幾條街，奔過許多
奔馳中的車子
某些思緒在奔跑中上升
城市樓房愈來愈遠
前面是空濛一片
綠草不見，鮮花不見
極度地荒涼
仍然繼續跑著

一片灰黑中
只剩下一個小黑點
仍在往前狂奔

——《自由副刊》二〇一七年二月二十八日。

無言歌

走著走著不知
天涯或海角
那份萬言書已在風中飄飛
那登高一呼眾聲應和的日子
也被海浪捲走
海灘何處飄來落葉片片
正如我凌亂的腳印處處
就躲在昔日自己挖的戰壕中
痴痴地望著
遠方
望著枕戈待旦

海鷗飛處
彷彿寫著千萬首無言歌

——《自由副刊》二〇一七年二月二十八日。

遠古的記憶

回到老家古厝
漫步在三個女兒玩耍讀書的房間
玩具箱風塵僕僕
打開首先發現
大女兒的芭比娃娃
仍然在向我眨眼睛
如今已四十好幾的她
正在遠方努力打拼
接著以稚嫩的琴聲
向我示意的
是一架古董鋼琴
如今在它旁邊彈唱長大的二女兒
正在各地巡迴演奏

已好久未回來看它
最後翻出一箱大富翁
從小喜歡數鈔票的三女兒
如今正在替外資銀行點鈔
每日報表都是為世界各地的
大富翁而做
只有自己瘦弱的身軀
一直被數目字壓得富泰不起來
眼光尋視四壁什麼都不剩
只有蜘蛛絲來回纏繞
彷彿連結著許多
遠古的記憶

——《中華副刊》二〇一七年四月二十三日。

阿拉貝斯克

阿拉貝斯克的鋼琴曲響起
妳的影子也在海濱小屋飄忽了起來
彷彿那年的琴聲
和著海韻起伏

每年我都會回到海邊
在小屋中尋找妳的琴聲

而海音依舊
讓我驚豔的十七歲超齡才華
竟也無影無蹤

年復一年
特意專注藝文界的消息
看是否會發現妳才華喧嘩燦亮

可是一切都像今夜海邊
只有海浪孤獨地拍打岸邊礁岩

苦悶憂鬱年年陪我
那首夢魂中的曲子
也經常聽別人演奏
只是那種迷人味道不再
想妳也應海角天涯走過
並已皺紋滿面鬢角飛雪
何時再回來為我演奏
一起重溫往日情懷

——《中華副刊》二〇一六年八月十六日。

阿勃勒花開

阿勃勒花開
黃色花海中
妳初顯才藝
與花競相燦亮

阿勃勒花再開
我再次前來
在花海中尋找
不見妳再次吐露芬芳

阿勃勒年年盛開
從十七歲花下稚嫩的印痕

到七十歲老態龍鍾的步履
都一直在埤塘邊等待妳一樣花再開

阿勃勒今年又開
從燦爛一直到飄零
花下都移動著尋人的身影
只是花兒一直未告知

妳在何方
這是徘徊者
年年花下喃喃的
問句

——《文訊》三六六期，二〇一六年四月。

諸葛武侯茶

阿亮在台北臥龍街
泡著他從雲南採回
精心煎製
諸葛武侯茶
泡著　泡著
讓四位創世紀詩人
飲得茶香詩香四溢
諸葛先生隨後彎腰弓背而入
嘴中嘟囔著　罷了　罷了
我不也是躬耕臥龍
也名叫阿亮
卻六出祁山
焚盡最後一滴心血

時不我予　時不我予
江流時不轉啊
俱往矣，諸葛先生，喝茶吧
德亮恭敬奉上一杯熱茶
啊！這是我所植那棵茶樹
一千多年了
我在兵荒馬亂中早已忘了此樹
難得如此清閒啊
真是好茶　真是好茶
老叟倒要入滇去看看它
順道去赤壁憑弔一番
阿亮和四位詩人
望著遠去的先生背影
不禁搖頭嘆息起來
真是浮沉人生書不盡

千古江湖茶一杯

喝了吧

後記：仲春，張默、古月、辛牧、落蒂四人聯袂到阿亮工作室泡茶。阿亮以一千多年前諸葛武侯所植之茶饗客，飲茶中談及諸葛先生壯志未酬，乃欷歔不已。

——《中華副刊》二〇一五年九月五日。

神祕通道

我發現一條神祕的通道
帶了一把手電筒
爬了進去
神啊，請讓我尋到通道出口
看看那邊是什麼樣的世界

我發現一條神祕的通道
裡面一片漆黑
無止境的漆黑
我一直往裡爬往裡爬
神啊，請讓我趕快看到
那渴望很久的光

我發現一條神祕的通道
越爬進去越想回頭
可當我往回爬時卻發現
通道有好多條
神啊，請告訴我哪一條
才是正確的出路

我發現一條神祕的通道
既想爬進去又想爬出來
爬進與爬出之間
好多叉路讓我好生為難
神啊！你為何用如此神祕的
通道
困惑我在進退之間

——《乾坤詩刊》七七期，二〇一六年一月。

輯二

武界傳奇

金門碉堡

——記八二三印象

被咻咻砲彈聲
削去的碉堡耳朵
在靜寂的月光下
又長了出來
悄悄長出來的耳朵
第二天又被咻咻的砲彈聲
削去了一大半的耳朵
又在風雨的夜晚
悄悄的　努力的
長了出來
奮力長出來的耳朵

又被咻咻的砲彈聲
整個的削去

坐在碉堡射擊口的老士官
狠狠的把槍扔在地上
啐了一句
他奶奶的打了一整晚的砲
也不會挾一張
故鄉的消息過來

——《聯合副刊》二〇〇五年八月二十二日。

金門戰史館

　　年輕的我陪著年過七旬的我走進金門戰史館。一起看數十年前的輝煌。時間從凌晨一直緩慢移動著。一直到夜晚暮色低垂，大門關上。彷彿一天就是數十年。時間的巨人倒下。歷史的巨人也倒下。

　　年輕的我迅速向年過七旬的我簡報，企圖用力扭緊時鐘的發條，把一切扭回昨日以前。扭時疲憊、不安、無望，一切都茫然的昨日。傷痕纍纍的昨日。

　　撫著白髮蒼蒼，撫著皺紋深陷的臉頰，仔細聆聽年輕的自我口中滔滔不絕地訴說。年輕的動作威猛，年輕的雄心萬壯，年輕不怕虎。

　　突然，白髮蒼蒼的老者大喝一聲。痛責昔日的自己：你沒看見歷史巨人如西德東德的圍牆轟然倒下嗎？你沒見到所有硬撐苦撐的昨日都已倒下嗎？

　　全被時光機扭進昨日的都已成為歷史灰燼。戰史館前面有一面無形的巨鐘伸出長短兩支針，一支伸向前握住明日，一支伸向後握住昨日。海峽的水冷冷在鐘的四面流著。

許多人張惶失措在館中繞著，一圈又一圈，一圈又一圈。

後記：參加金門建縣百年詩酒文化節後，往訪戰史館有感而作。

——《聯合副刊》二〇一五年四月二十三日。

毋忘在莒的正午

正午的陽光赤焱焱。

年輕的我伏在我的膝上痛哭，我坐在太武山毋忘在莒的大石前低頭沉思。

年輕的我傷心訴說著昔日的火牛已被時間熄了火且把牠沉入不見底的海峽。他因青春被火牛烈火燒光而痛哭。沒有青春的老士官也似乎隨著熱鬧季節返回大石前，張著茫然沒有眼淚的雙眼。

我拍拍年輕的我的頭，髮竟然瞬間掉光；拍拍當年那年輕豐美的臉頰，竟然立刻變成小老兒滿是皺紋，那年的我竟然消失在我茫然四望的瞬間。

而太武山的大石卻伸出友誼的手，緊緊握住對岸伸過來的手，狠狠的打了歷史巨人一個耳光。

後記：參加金門建縣百年詩酒文化節，重返金門，有感而作。

——《創世紀詩雜誌》一八三期，二〇一五年六月。

古寧頭的傍晚

我帶著年輕的我在太湖、金門文化村、戰史館、莒光樓、坑洞酒窖之後，已是傍晚夕陽西下時分，來到古寧頭的海邊，遠眺沙灘，海浪一波一波推湧，海面的藍色波濤，映著血紅的夕陽光芒。

穿過層層防風林，穿過昔日不知多少地雷的大地，遇到昔日碉堡的殘跡，穿過時光的隧道，我看到年輕的自己和許多年輕的伙伴，駕著戰車，在古寧頭沙灘左衝右突，滿地碧血黃花，如我現在穿著拖鞋，踩過成群的螞蟻。現在的我蒼白的臉對著殺紅眼的年輕的自己，竟然在此刻，在古寧頭相遇，而且面對著這種畫面的沙灘。

血紅的晚霞逐漸轉成淡彩粉紅，逐漸轉成灰黑，然後迅速黑暗成一片。而年輕的我也隨著暗夜離我而去，年老的我遂在海邊防風林中狂繞找不到出路。

後記：參加金門建縣百年詩酒文化節，重返金門，有感而作。

——《創世紀詩雜誌》一八三期，二〇一五年六月。

料羅灣的清晨

我的蒼蒼白髮，在清晨的涼風中，與微曦相映，恍惚間我看到當年年輕的自己回到我的身邊。那年輕的身軀，彷彿晨光，在藍天中閃閃發亮，對映著年邁的現在軀體，年輕的我彷彿當年看到當年岸邊的雜草藤蔓，而茫然不知所措。

清晨的料羅灣海面，平靜無波，而老叟卻內心激動翻騰洶湧如萬馬奔騰。昨夜晚宴的金門高粱，入口時已不若當年在胸口燃燒。耳畔響起當年刺槍的喊殺聲，一直有高粱的味道，那如刀的熱火，在剛喝下一口就知道。刺槍時心中有一口吞下怪獸的狠勁。喝酒時更是高唱岳飛的滿江紅。

參拜過無數忠烈祠的老叟，突然痛責當年年輕的自己。他望著海邊孤墳停著一隻孤單鳥，仔細聽牠哀哀的鳴叫。老叟對年輕的自己因失望而啜泣起來。

後記：參加金門建縣百年詩酒文化節，重返金門，有感而作。

——《創世紀詩雜誌》一八三期，二〇一五年六月。

莒光樓的榮光

往日的情境如箭簇一支支射向我的心窩。望向莒光樓，它沐浴在亮麗的陽光中。想著它曾隨著信件，飄洋過海在各地展現光輝。內心裡反而飄起朵朵烏雲，我在樓腳下，遇到年輕的我，仍呆呆在牆角疊磚砌牆。

用力的砌著，手流血，身流汗的砌著，竟然相信那自稱睿智的人的故事，他說只剩莒城和即墨都可以靠火牛攻燕而完成復國。年輕的我相信愚公可以移山，鐵杵可以磨成繡花針。世界上沒有不可能的神話。

白髮蒼蒼的我看著年輕的自己喟然而嘆，多麼蠢的年輕人啊！然而，他還是用心的砌牆，專心的鋪磚，努力要實現一個夢。那個已被把酒言歡，稱兄道地的畫面所打碎的夢。

莒光樓仍然巍然立在金門島上，仍然閃著榮光。仍然有遊客拍照讚嘆。而那個年輕的影子仍蹲在牆角下砌牆。仍在畫夢。歷史在時光中如一條河彎彎曲曲鑽來鑽去，曲折前進的蛇，誰抓得住呢？只是它伸出巨掌，不知會打向誰？

後記：參加金門建縣百年詩酒文化節，重返金門，有感而作。

——《創世紀詩雜誌》一八三期，二〇一五年六月。

馬祖印象

——遊馬祖手記之一

那些不是阿兵哥嗎
怎麼掃起咖啡屋和民宿的馬路
戰壕和防空洞沒人清理
只有來去匆匆訪客的腳印
那些昔日的記憶
引來部分人的唏嘘

坐在咖啡座的青年
望著遠方
想些什麼
望著海波浪的我

是否看到昔日穿野戰服的自己
就在人生的浪中翻滾

挖了好幾年的山洞堡壘
一陣颱風過後
滿是砂石
早年築好的海堤
也堆了數尺高黃沙

阿兵哥的掃帚
掃不去我內心的深深印記
只有時間
仍不斷撫慰那些傷痕

——《創世紀詩雜誌》一八七期，二〇一六年六月。

芹壁村

——遊馬祖手記之二

彷彿愛琴海邊
民宿長在礁岩上
住在雅房中依稀有地中海浪
情人座咖啡賣些什麼
能飲到一方清境否
習習吹來的海風如洋妞
我的亂髮飛向大海
啊！從島外之島來
豈不是盼望這裡的靜定
壓下長年的火氣
戴上墨鏡防陽光
不是防人看透心思的面具

這裡的貓沒有警戒的眼神
溫暖的唇舔著我冰冷的手
往日心中的黑天鵝
已飛向遠方
有一支神祕的鑰匙
正在我們心門旋轉
或許不久
可以扭開

——《創世紀詩雜誌》一八七期，二〇一六年六月。

那晚的月光

——遊馬祖手記之三

在海灘散步
許多瓶瓶罐罐佈滿沙灘
這個省撞那個省
新疆撞著山東
這個企業的名字站在
那個企業上
導覽說
你們驚奇
我一點也不

一個操著嘴含滷蛋口音的女孩
說很想談一場十分柏拉圖的戀愛

可是她吃著滿口鮮血的牛排
最麻辣的火鍋
又說很怕海

一個小男生牽著另一個小男生
說好喜歡這裡的月光
更迷上這裡海浪
他說那樣迷人的琴音
衝激著他逐漸陷落的心房
他說他不知道
那是千古以來的人世詠嘆

——《創世紀詩雜誌》一八七期，二〇一六年六月。

驅車入林

一、序曲：詩人驚艷

一群世界詩人
驅車彷彿策馬
深入濃濃密林
崎嶇山路如深奧經書
一步一停頓
一步一註解
神木群罩在迷濛的霧中
我體會到我此刻存在的意義
那就是避開剛下過雨的青苔
妳好好瞻仰一下孔子
瞻仰一下好多歷代的賢哲

瞻仰一下他們如何見證
人世的風雨滄桑
一切的物換星移

二、靈魂出走

各國詩人七嘴八舌討論
如此千年神木
奮力在天空中伸展枝枒
不知他們是否互相比較
誰的年齡大誰的胸圍粗
誰的功業彪炳
誰的作品價值永恆
也不知是樹與樹對話
或者是詩人與詩人的爭執
瞑想間我的靈魂

漸漸出走
與這些樹神喝茶討論去了

三、思想紛歧

和偉人討論
竟成了互批爭執
本來和諧對話
竟成對立衝撞
彼此看法天南地北
從爭論中抽身而出
不如聽聽小蟲爬行的聲音
不如聽聽林中小鳥的鳴叫
不如聽聽天地的各種聲音
地上的落葉

新舊混雜在一起
早已無法細分

四、林中適合吟詩

撥開紛亂的思緒
走在剛下過小雨的台階
林中小徑左轉右彎
忽高忽低
在各個角落的神木
讓來自世界各地的詩人
時而讚嘆時而歡呼
以往的喜怒哀樂貪嗔愛惡
都紛紛離去
彷彿有一枝棒槌
在他們腦門一敲

好詩便一首一首
吟誦出來

五、將來誰也無法預知

仰頭注視神木
和他們同時出世的先哲
都已不在
而他們依然生氣勃勃
神木彷彿在喟嘆
說曾見過出世不久即夭折
也曾見過未出世即死產
見過千萬億萬人化成白骨
見證多少爭戰焚城
那些都已化為灰塵
一棵被雷擊傾倒路旁的神木

彷彿訴說著
或許那一天
神木園也將成為
枯木林
成為一片荒漠

六、互異的觀點

有詩人讚美神木胳臂粗壯
有詩人讚美神木活得久長
有詩人羨慕神木滿頭蒼翠
有詩人羨慕神木飽讀歲月
有詩人羨慕神木吸收日月菁華

只有一位詩人替神木不平
哀嘆神木樹幹雖大佔地雖廣

卻一直站在原地
想像心中有一團火
一團永遠被定格的怒火

而我卻欣賞
神木的靜定
讓時間自己去走
讓神木在時間中不斷的走
不斷的
走

七、無法掌握的命運

更深入林中
耳邊的蟲鳴更響
林中的天籟更讓人神迷

若不是前人設下步道
逐漸濃密的樹林
只好披荊斬棘

坐在石椅上小憩片刻
發現粗大的樹幹
也有老人的皺紋
那是幾千年累積的智慧嗎

是否一定勝過生年不滿百
帶著刀鋸的人類
不小心遇到山老鼠
只好路倒
只好走進又深又遠的夢
而三千年
也只是一瞬

八、宿命

那位替神木不平的詩人
在樹下朗誦了一首詩
終於引來
神木的怨與願
神木不希望只讀晨曦和落日
神木希望行萬里路
神木希望位移一點點也好
但夢終歸是夢
夢無法使他從這個島
位移到另一個島
夢彷彿寺廟的鐘聲
再敲還是空
再敲還是茫

九、一顆露珠

神木好喜歡白天
甚至是假日
有好多人前來造訪
到了夜晚
只好獨自擁抱寂寞
凝視漆黑
仰頭欣賞星月
即使內心再多的怨
也只好黯然接受
既有的一切
站在樹下的我
仰頭正巧接到
從葉尖滴下的一顆露珠

後記：第三十屆世界詩人大會，安排來自世界各地詩人做一趟棲蘭神木園區之旅，有感而作。

——《創世紀詩雜誌》一六七期，二〇一一年六月。

武界傳奇

0

一直在山路盤旋，車子不會迷路
只有一條線仍如米芾揮筆狂草
從山下左轉右突，瀟洒如中世紀騎士
揮開一片迷，突顯全新藍亮的蒼芎

1

越是荒涼越能接近原始
越是原始越能看見人的最初
還好，辛苦電力公司員工早就

把線路架了起來
不必鑽木取火，而不好的
卻也因需電而讓五線譜寫出
醜陋美學，讓莫內的畫
沾上一點泥巴黑漬
一群人的頭髮昂然豎起
呼痛

II

坐上四輪傳動車
以遠古祖先開山狩獵的方式前進
一座山再轉進一座山
也在亂石纍纍的溪流中跋涉
車底撞溪石，遊客的頭撞車頂
踏板撞腳，沒有韻律的舞蹈

驚奇緊張時
山間的風輕輕的掠過臉頰

三

車子在溪流中爬上爬下
原民司機說他們的生活就如此
一生在辛苦的顛峰和痛苦的山谷間
不斷匍匐前進
在山林間生活有時獵物豐收
小米田豐收
肉類和小米酒足夠讓人喝到日出
小鳥也飛來啄食歡唱
悲痛的歷史此時在蜿蜒的山路
迴旋不見
不同族群當然各有歧見

兵戎相見，砍砍殺殺的恩怨中
終於劃出一條武界
誰也不越過誰的土地

IV

祖先沒記載如何背負
生存的十字架
但恍恍惚惚中每個族人都知道
曾經一個島漂流過一個島
終於找到福爾摩沙
祖靈和牆上的古刀古箭獵槍
在靜夜時分
往往發出讚嘆的聲音

後記：二〇一六年八月二十二－二十三日，與文友至南投埔里武界遊，行程極為原始，富野趣。能與原民共同生活瞭解他們的生活文化，內心感覺十分愉快。特寫詩記之。

——《創世紀詩雜誌》一九〇期，二〇一七年三月。

知道，不知道

——關仔嶺記遊

你雲遊至大仙寺
廟前長鬍子的大樹知道
水池中的游魚也知道

坐在大雄寶殿中的神佛知道
知道你心事重重
手執三柱香唸唸有詞
無非選舉高票當選
無非子孫升學就業順利
無非手中的大樂透可以樂透
無非希望長命百歲多子多孫
願望和冉冉上升的煙一樣不絕

只有後花園的女尼什麼都不知道
每日種菜蒔花灑掃庭園
等待冬日那一抹
最後的殘陽

——《華文現代詩》十一期，二〇一六年十一月。

十八尖山的歌者

在十八尖山上朗聲高唱著
不管別人異樣的眼光
不管嘲笑的聲浪
他自在的歌著
歌聲自由迴盪在任何空間

在十八尖山上坦然高唱著
即使世界各處盡是天災人禍
即使各種邪魔歪道採各種曲線方式入侵
他仍是爽朗的歌者
歌聲飄進附近住宅學校

在十八尖山上隨意的高唱著
他的歌聲如與世無爭的山民
不被任何意識形態刻意扭曲
純真自然的傳到人們的耳朵
他是盡興的歌者
歌聲不斷不論刮風下雨

在十八尖山上到處快樂的高唱著
山林中的小步道遇見他
登山人士眾多的環山步道遇見他
他不害羞的朝你唱著
他和山上的風聲一樣自然
他和飛鳥的鳴唱一樣隨興

後記：新竹十八尖山有小陽明山之稱，是人們健行運動的好地方。近幾年我常前往散步盤桓，時常聽見有一位自在的歌者，用沒有音韻的節奏，沒有意義的語言，想唱什麼，就唱什麼，往往讓我感想良多，心中思潮起伏，是為記。二〇一六年七月十一日中和松廈。

——《華文現代詩》十期，二〇一六年八月。

場景照片六帖

——高雄氣爆事件有感

鏡頭一

哀傷的燈光
肅穆的場景
一片弔喪花海
燭火燃著
官員鞠躬致歉
家屬哭倒靈前
死難者照片排成一整排
仍然是
昔日快樂健康的笑容

鏡頭二

大地的母親在呻吟
她全身爆裂成
河流
成坑洞
成一堆亂石
成一座爛泥小山
她體內被注入無數毒液
她體內被灌入大量毒氣
她體內裝上四通八達管線
大地的母親無言
只默默流淚

鏡頭三

前方　爆炸
衝回後方　也爆炸
再衝向左方　仍然爆炸
只好到處亂竄　還是爆炸
爆炸聲處處逃
怎麼逃啊
起火了更逃不出
尋不到可能成灰的屍體
尋不到往日歡樂的笑聲
救護車的警笛聲
消防車的呼嘯聲
還有驚叫聲　哭聲

鏡頭四

政黨　互相指責
中央地方互相推諉
救難人被炸　被埋　失蹤
受難者哭問
老天你都看到了嗎
昨日　淚水成河
今日　已欲哭無淚

鏡頭五

一群詩人寫詩哀悼
受難者沒有閱讀
一群歌者唱安魂曲

沒有受災者傾聽
他們無心看無心聽
救難人員忙著看災難現場
聽生存者的聲音
受難家屬心亂迷惘
他們說
我過些時日再看再聽

鏡頭六

怎麼如此多災難　這世界
怎麼才空難、海難、車禍
又接著甲國攻打乙國
緊接著地底的地雷
也來攻擊我們
何處有解方

何處有救命仙丹
只有空中充滿問號的浮雲
只有人們臉上茫然

——《乾坤詩刊》七十二期，二〇一四年七月。

輯三

飛升與沉落

在楓紅中飛升與沉落

——黑部立山賞楓心情

心在飛升與沉落

有好幾天，內心
一直沉落
　　沉落
又飛升
飛升
是那一片楓紅
令我飛升又沉落
那時尼采或叔本華
都來到我獨坐的石椅邊
然而我的心

卻飛越在海拔一千公尺上
島外之島上的
黑部立山
且悄悄讓翅膀斷落
心停在
一塊山石上
與山石合而為
一

靜觀心法

靜觀是一種
解決疑惑的好方法
那一片楓紅
一陣一陣
深入心坎

有時想不透
有時又豁然開朗
獨自一個人靜靜觀賞沉思
比成群人嘻嘻哈哈
容易進入生命的核心
不知是何物
總在此時
和我的心
糾結在一起

尋找活路

什麼叫專注
心的翅膀一斷
它就找到腳
在暗如中世紀修道院行走

腳斷了
它又找到滾動
一路沿著斜坡
滾上去
一路滾到即將降落的霜雪
前突然停止
在一片血紅之中

被遺棄的石頭

一切都停止
不再飛翔
不再滾動
所有歷史上有名的哲人
中國的或西洋的
我看到了莊周

他不再夢蝴蝶
他夢楓紅
他不再觀魚
他觀楓紅
我的朋友不再理我
不再同我一起賞楓
他們認為我不是詩人
是一顆石頭
一顆沒有感覺
不會感動的石頭

仔細品詩

其實我那些朋友走後
我再三仔細品讀他們的詩
有些俗得不如周杰倫的青花瓷

他們的詩句朝如青絲
暮竟成雪
他們歌頌虛無
卻不知什麼是虛無
他們歌頌楓紅
而眼裡心裡
都沒有
楓紅

棄我而去

我的朋友走了
我獨自賞楓也是一季
我的朋友不來
我獨自楓下品酒
也是一季

只是今年獨對層層楓紅
楓紅竟然紛紛墜落
如一場紅雪

思念

我靜靜觀看
那一陣陣飛落的紅雪
突然想起那十七歲的小戀人
如今已是阿嬷
背著一個黑色的包袱
打一個圓形的髮髻
走在滿是落紅的山路中
我真想趕上去
歸還他早年送我的油紙傘

好讓她撐著
頂住這一場好大的紅雨

凝固如石

突然那黑色的形影
變白了
白色的髮白色的衣衫
白色的長長影子
在一片楓紅之中
彎彎曲曲起來
像極了半節的狂草
可我的心仍然
和那塊山石一樣
定定的　凝固在山邊

紅潮湧動

我不知道那塊山石
有沒有心跳
我也不知道我的心
能不能再飛翔
就在那一陣飄落的紅雨中
我看見了屈子緩緩走來
他給我一本小小的冊子
上面沒有書名
內頁只有一行
不再是離騷的詩句
而是寫滿一行湧動的紅潮

鮮紅遍野

所有的朋友都不來了
都不再看我的詩
他們說我的詩句
裝了滿滿的一缸醋
但是我仍靜靜的
獨自面對
那一片滿山遍野
鮮血一樣的紅

——《創世紀詩雜誌》一六三期，二〇一〇年六月。

黑部立山雪牆

——旅日手記之一

一絲絲細密的銀針刺向心窩
本來很遙遠而今已在眼前的雪白
如我昔年一再夢到的銀山拍天巨浪
也似我在博物院中見到的或唐宋
或明清或現代或古代的大畫家
那一支開天闢地的巨筆
讓宇宙的浩瀚
形成那一堵空空洞洞什麼也沒有的白
那一堵延伸到無限
延伸到前後上下左右
一片冷寂的白

——《創世紀詩雜誌》一八〇期，二〇一四年九月。

合掌村的天空

——旅日手記之二

在山村田野間走過的阡陌
已在我心中織就一幅美麗的星圖
打開又關閉的天窗
為我撒下一把夢的種子
望著上天乖巧的子民
望著雪後的山村
中午餐桌上的美食
浮現我深深的羨慕
合掌似的茅草家屋
斜斜的防雪屋頂
一幅古典懷舊的風景畫
從山邊一直向我們走來

有著獨特風格的美
那麼一塵不染脫俗的美女
雖在積雪的山中親近不易
地形阻隔路也崎嶇
而那是多麼誘人的天空啊
在一片烏黑中透出亮光

——《創世紀詩雜誌》一八〇期，二〇一四年九月。

兼六園

——旅日手記之三

大門旁的石碑站在那裡高聲說
我和偕樂園後樂園並稱日本三大名園
花了近兩百年
才深深吸引人們目光

它說五月初來訪
只剩殘櫻
如果六月或有曲水
在秋天將有紅葉歡迎貴客
若選擇冬天將有霜雪
更有那夢幻的鼓聲

我們不禁興起金澤城主
還有那些隨後修城的藩王
他們只留下沉默的林泉
讓人們不勝唏吁
那些遙遠又遙遠的夢
如悠悠白雲
飄過天際

——《文訊》三四八期，二〇一四年十月。

松本城

——旅日手記之四

木造閣樓記住時間
叫人無法完全忘懷它時刻存在
木牆階梯的衰老樣態
如人們老了皮膚皺了
腐朽氣味在空中暗暗擴散
遊客面容露出驚奇訝異
而城仍以從容的步態
緩慢的口氣
告訴人們
多少代城主已化為塵土
然樹木仍伸展著它們的美姿
花朵謝了卻又再度展現艷容

而不知在何方的城主
是否看到城頭寒鴉似在企盼永恆

——《文訊》三四八期，二〇一四年十月。

旅日小品六帖

一、岩手縣北上市公園

橘色的花
綠色的樹
石頭在河流中奔跑
塔站到眼前來
一層一層向上展示某些
某些神意之外的意涵
並以白色和紅色的積極
奮力舉起一隻手
和
富士山
比高

二、富士吉田市新蒼山淺間公園

白色富士山
突然傲立在
一片吉野櫻之間
藍色流雲
緩緩
不敢驚動
任何人
兀自
流著

三、茨城國營常陸海濱公園

一個個圓形
淺黃色
草球
靜靜沿著小路排隊
小路以彎彎曲曲樣態
深藏在
草球中
引領我們一干遊客
探向
一片藍色的
海
或者
天空

四、京都東福寺

一片燃燒後的紅楓
擋在前頭
遮住某高人雅士
悠閒自在的家
幾點鵝黃
和
深綠
點綴在所有旅遊者
心間
我看到有人
背著手
在白雲間漫步

五、石川縣兼六園

好整齊啊
那些花樹
被超級理髮師
修剪得十分紳士淑女
散布在
小橋流水之間
微笑的看著
我們衣衫並不整齊的外表
幾朵早開的小花
也在水邊探望
向我們問候
好優雅的人間仙境
王公貴族們緩步

走進我心中

六、北海道一瞥

老天替人們犁開一行行
種雪的田地
雪似一群群
繁殖迅速的綿羊
拉著我們望向
遠方深藍的大海
還有點燃那
心中猛烈燃燒的火
在極冷與極熱間
來回奔馳

——《創世紀詩雜誌》一九一期，二〇一七年六月。

輯四

失落的地平線

膜拜

——為媽祖文化節朗誦而作

那時，海面上一片漆黑
烏雲密布，雷聲加上閃電
彷彿世界末日
彷彿浪濤要捲走一切

人們閉目跪地祈禱
海上的漁民驚慌奔逃
海浪一波強過一波
以千變萬化之姿
企圖吞噬整個漁村
就在剎那間
人們彷彿看到心中的救世主

正在天空中揮動手勢
把一切驚恐趕入虛空趕入深海
那手勢輕輕揮動
即已撥開千萬重千萬重濃霧
那眼輕輕張開
即已射出萬道光芒

人們有了主張
船隻有了方向
白色的浪花也耀動著銀光
游魚也在海面跳華爾滋
飛鳥也在空中跳倫巴恰恰
強颱
中颱
輕颱
皆隱去無法形成

海邊渡假小屋情人正在呢喃
是啊！是啊！是她
披著救苦救難的保護披肩
讓陽光亮在各地耀眼
讓情人在海灘上以長長的腳印
寫出天長地久的誓言

天地即使再刮起焚風
即使再出現伸手不見五指的黑霧
只要她輕輕一招手
海將依偎著岸
岸將依偎著風
風將依偎著船隻
船隻將依偎著陽光
陽光將依偎著藍天
所有世間的一切將依偎著妳

依偎著海一樣寬闊
依偎著天一樣高聳
無所不在的妳

那時，白天陽光燦亮
夜晚，明月高掛
星星閃爍
一陣祥和的樂音
在人們的祝禱聲中
緩緩響起

後記：二〇一〇年十月應邀在湄州島媽祖廟前朗誦。

——《創世紀詩雜誌》一六六期，二〇一一年三月。

麗江

迷人的醇酒把我醉倒在這邊疆酒店
你只是一個過客
無法永遠沉迷在這樣一條河流
萬古樓在小山上閃著萬古情
我的心被春蠶吐出的絲
緊緊纏繞

迷失在東巴文字的圖騰裡
有些花大朵大朵開放著
有些草沿著牆壁往上攀爬
遊人在園中悠哉悠哉觀賞
異樣美女的微笑
慢慢的划過眾人的眼睛

便忘了天邊還有甚麼雲朵
一口小粒子咖啡
流水靜靜的在慢慢向前游動
有時也哼著小曲
讓小橋弓起如貓的背
成批的搬來金府大酒店中
這些江南小鎮的建築

——《野薑花》十五期，二〇一五年十二月。

香格里拉

我們的筆訴說不清
在美的誘引中
在醉人湖泊的寧靜中
大家是說不出話來
被嚇呆的遊客

在失落的地平線與雪崩之間
在美豔的少女
突然變成醜陋的老婦之間
成千上萬人渴望見證
電影故事和真愛之間的距離
閃亮的銀器
很精緻的細說遊記作者未說謊

慾望少的人
貧乏不能使他們生活艱困
從穿衣住房的表現中
可以看見
外邊的美麗世界未曾飛進來
五光十色的亮麗人生也沒有印記
千百代的光陰
就和人們的腳步一樣
彳亍又彳亍

——《野薑花》十五期，二〇一五年十二月。

喀那斯湖

經過八百公里的奔走
車子便通過一條淺淺的小溪
來到湖邊
一望如鏡的淺藍
我的人影沉入湖中
和天上的白雲一起悠遊
許多人說這湖有水怪
且不斷有專家追蹤
而傳說仍只是傳說
有人用現代科學儀器監測
有人用古老易經推論
仍是一團模糊
一如群山在水中的倒影

時常晃動變幻
我們雇了一條堅固的船
整日在水面搜尋
有時也向上蒼祈求
卻只剩心中仍然存著憂慮
卻只有飛鳥仍在天空遨翔
牧民仍趕者牛羊
一切都在不確定中
有朋友嘆氣說
我們只是偶而前來
那會如此巧合碰上
就讓傳說繼續傳說
湖一樣潦闊
水仍一樣碧藍如鏡

——《秋水詩刊》一六六期，二〇一六年元月。

在茶馬古道上做夢

在馬上恍惚做著夢
百年前騎馬人
是否和我一樣懷著看雲看霧
看著彎彎曲曲的山路
崎嶇不平彷彿走過的人生
啊！他大概只是想著
想著賣錢的貨物
想著必須餵飽的家人

在馬上恍惚做著夢
馬在小徑上左右搖擺晃動
彷彿不成規律的舞蹈
本來緊張的身軀

機械呆板的緊握繩索
慢慢地竟也自由放鬆起來
一種生命的律動
自然的前俯後仰
不平衡的左右搖擺
沒有節奏中的節奏

在馬上做著夢
夢見騎著一匹駿馬
奔馳在廣大的草原
奔馳在歷史故事中
揮著長矛舞著刀槍
而馬在過一個大彎時
我從夢中驚醒
俱往矣那些草原的夢故國的夢
替我牽馬的馬僮笑著說

他們已從艱苦的谷底爬上來
連附近山澗的水聲也大力喝采

——《野薑花》十六期，二〇一六年三月。

屬都湖

那就是香格里拉嗎
我一直渴望見到的夢的世界
一位也是麗江過來的遊客
用手指一指那個湖畔的步道
從那裏進去
就是普達措國家公園的屬都湖
沒有人為的破壞
也沒有朝代更替的燒殺
有時純潔得只剩一片雪白的銀色世界

凝視著天空好久好久
在一片大山中沒有外界的紛擾
怪不得一位西方記者

仔細用筆丈量了這裡的一切
大導演也用他的鏡頭
向外界大力吹噓
湖旁的樹在水中用影子呼應
飛鳥也叫了二聲是的是的

東想西想腦波在山水間翻騰
而湖水卻靜靜地沒有理我
它看多了
從夢中醒來的我
只好對自己
乾笑二聲

——《野薑花》十八期，二〇一六年九月。

在儋州遇見蘇東坡

一行人行色匆匆飄洋過海
從桃園到香港轉機
抵達海口時祇見夕陽和椰林
紅著臉輕搖歡迎詩人的手

啊！喜來登七星級飯店大廳
居然一下子湧進百位
兩岸三地的詩人
人人有一幅巨大的人像歡迎自己

迎賓宴大啖美食紅酒
頒獎典禮的朗誦聲光

讓曾經在黃昏荒野掛著一盞燈的詩人
突然榮光煥發起來

儋州東坡書院的晚會
穿著木屐戴著斗笠的詩人蘇東坡
獨自站在樹林暗處嘆息
對著現代詩人的朗誦揮毫而流淚

椰林風聲中傳來
隱約的詩人心聲
彷彿也像佛勒斯特的低吟
世路多歧為何獨自走上荒涼小徑

似乎東坡的苦吟
心已似死灰之木啊

身就如不繫之舟了
對現代詩人衹剩羨慕和祝福
百位詩人似乎極滿意眼前情景
並無閒暇體會東坡的心聲
在大會準備的長條宣紙上
匆匆寫下自我感覺良好不虛此生

後記：海南海口市舉辦兩岸詩會，台灣詩人一行十多人與會，行程中曾在東坡書院朗誦揮毫，感觸良多，是為記。

——《中華副刊》二〇一六年六月十一日。

麗江大水車

麗江老街上
有一座大水車
不斷的把水旋起又倒下
它旋起又倒下水的動作
美得吸住所有遊客的目光

而我看見
它旋起這個王爺那個土司
又擺平這個酋長那個頭目
那些人和追隨他的臣民
都隨著旋起的流水
漂走了

一群群的遊客也在恍惚中
流走了
痴痴的望著發出嘎嘎聲音的水車
彷彿聽到那一聲聲的泣訴
一切都會流走
什麼都沒有留下

——《華文現代詩》十一期，二〇一六年十一月。

玉龍雪山

我整個人怔住了
在那冰河的上游
在那片白雪紛飛之中
喘氣且呼吸急促
只好對著氧氣瓶狂吸
人一陣暈眩
莫非高山症
當然是對美的一種痴狂

白玉山頭
幾度被烏雲遮住
攝影家朋友一直在找
那美的剎那

白雲躺成一片白色世界
冰河也凝結成一條白玉步道

我稍微慢了一下
那位登山攝影的朋友
已離我好遠好遠
一個小黑點在
彎彎曲曲的蜿蜒小徑上
整個情境顯示一種氛圍
絕對的美
在天地之間
如此決絕

——《野薑花》十九期，二〇一六年十二月。

廣場

——聞北非中東民主狂潮有感

深秋之後
廣場邊那幾棵大樹
黃葉便開始飄落
只剩下枯枝
伸向灰雲的天空

我就知道
你會站在廣場中央迎我
以生鏽的臉龐
微微顫抖的手臂
以及那仍可穿透人們心思的
眼神

你沒說話
但微笑的神情
彷彿告訴來訪的人們
你們才是真正的主人
不論穿華服
或衣衫襤褸

一陣冷風吹來
把地上的黃葉
還有那些訓詞宣言
統統掃向
廣場角落

——《自由副刊》二〇一一年八月三十一日。
——選入焦桐主編《2011年度詩選》

附錄　明我長相憶：落蒂新詩的「重情」精神

余境熹

一、引言

以前香港高考開設「中國語文及文化」一科，其卷二的文化問題則以唐君毅（1909-78）、殷海光（1919-69）、吳森（1934-2006）、金耀基（1935-）等名家篇章為參考。在教學安排中，唐君毅〈與青年談中國文化〉、吳森〈情與中國文化〉兩篇均以「情」為主脈，歷述中國之人，究對何者有情，而答案即「包攬一切，無所不關懷顧念」。

按唐君毅〈與青年談中國文化〉言：

人之孝，表示人之生命精神之能返而顧念其所自生之本。由孝父母，而及於父母之父母，及於祖宗，於是人之生命精神，可上通於百世，宛若融凝無數之父母祖宗以為一。由弟而敬兄以及一切同族之長兄，以融凝一宗族中一切兄弟以為一。孝之擴充，為孝於整個之民族，而忠於民族之歷史與文化。悌之擴充，為視四海之內之人皆兄弟。故孝慈之道之擴充，即縱面的維繫民族生命於永久。友愛之道之擴充，即橫面的啟發民胞物與，天下一家之意識。中國先哲所謂仁之最高表現，從橫面看是極於民胞物與之精神。自縱面看，則是慎終追遠，上承祖宗之心與往聖之志，而下則求啟迪後人，以萬世之太平為念。

吳森〈情與中國文化〉的演講中，亦強調：「中國人對情的重視，不只是對父母兄弟子女夫婦朋友之情，也不只是對一般貧苦大眾之情……中國人情感豐富，不但及於已死去的親屬，而且及於和自己完全無親屬關係的已死的古人和他們的事蹟。」又說：「中國人對物也同樣有情……自始即感謝天覆地載之恩而對天地有無限感謝和崇敬之情。這是一種道德和宗教的意識，另一方面，中國人對自然物採取欣賞的態度，這是藝術的意識。」

受唐、吳二氏啟發，姑且以圖表方式，簡單標示中國文化重情之對象如下：

<table>
<tr><th>縱面</th><th colspan="5">橫面</th></tr>
<tr><td>本國歷史</td><td></td><td colspan="3">人類歷史文化</td><td></td></tr>
<tr><td>祖先</td><td></td><td></td><td colspan="2">古人</td><td rowspan="2">家鄉</td></tr>
<tr><td>父母</td><td></td><td></td><td></td><td></td></tr>
<tr><td>我</td><td>配偶</td><td>兄弟</td><td>朋友</td><td>一般人</td><td>自然界</td></tr>
<tr><td>子孫</td><td></td><td></td><td>學生</td><td></td><td></td></tr>
<tr><td>後世</td><td></td><td></td><td></td><td></td><td></td></tr>
</table>

以「我」發端，就縱面言，關愛配偶、兄弟、朋友，再而一般人，乃至自然萬物；就橫面言，上達父母、祖先、本國歷史，下接子孫萬世。縱橫交織，由本國歷史，延伸至關懷全人類的文化歷史；由當下能遇的友朋眾人，又及於古代之人；由年齡相近的朋友，而至於愛護如子女的學生；由今日觸及的自然環境，延展至父母祖先世代相守的家鄉。

吳森〈情與中國文化〉推崇杜甫（712-70）「上承先聖孔孟的仁道立場，來把人情在文學上發揮到極致」，比韓愈（768-824）、宋明理學更配稱作儒家道統的嫡傳人。杜甫是唐詩的巔峰，那麼，如果轉從新詩創作中找尋致力發揮「情」者，則落蒂（楊顯榮，1944-）絕對可說是典範之一，其作品涵蓋面極廣，充分顯示出對上表縱橫兩面各對象的深深關愛，能叫讀者感動。

二、詩是吾家事

古人言「刑于寡妻，至于兄弟，以御于家邦」，重情之對象實際也由家人出發，再擴及其餘。在落蒂詩裡，上起父祖，中及妻子，下至兒孫，都是書寫、關愛的重要家族成員。

〈命名〉篇幅不長，但舉重若輕，譜出了落蒂的家族小史，先是祖父「在異鄉奔走衝撞／希望父親的名字讓他記住／台灣的山山水水」，接著是父親「希望我的名字中有他心中的／長江黃河三山五嶽」，再到落蒂自己，必須思考如何「在剛出生的寶寶身上」延續祖父的臺灣情、父親的中國夢，「為你們的願望刻記」。由為嬰兒命名一事，連繫了數代人的情感和希冀。

散文詩〈剪布〉寫得更為感人，記述年少之時，家中因為兄弟眾多，經濟不好，母親必須傷透腦筋地為子女裁製衣服，每次到布莊剪布，都要選用較便宜的布頭布尾，還要交代裁縫把袖子、褲管造長一些，以便子女穿著的日子可以更多一些。可是，兄弟們偏偏還是長得太快，母親唯有含淚剪布，再苦都要讓孩子得到溫暖。詩的第二節寫道：「然而如今，剪布流淚的換成我們兄弟了。每次剪布，每次少了幾尺，原因是母親越來越瘦小，而且背也駝了，腰也直不起來。我們的經濟越來越好，可以剪很多很多很好的布，但母親已住到養護中心，不需要太多的布了。這時換成我們兄弟常常流淚剪布。」既是感念母親當年照料家庭的含辛茹苦，也是痛惜明明經濟能力足夠了，卻沒有辦法可報答母親。懊惱之中，飽含了對親母的情意。

落蒂與妻子之情，最顯見於散文詩〈熨斗〉之中。〈熨斗〉先言妻子恆常以十幾公斤重的熨斗為自己燙衣服，左手還得拿個噴水器，因此每每「燙得手酸、腰酸、腿麻、四肢無力癱在那裡」，有時則「時燙時停」，不得不休息一下。對此，落蒂忍不住灑下感激妻子的男兒淚，「以淚水代替她的噴水器，洶湧的噴向我縐得無法燙平的滿身傷痕」。不是嗎？落蒂說，妻子實在是以瘦弱的手，去燙平落蒂「滿腹的不合時宜，滿身心的凹凸不平」，時時安撫著自己呢！

回應妻子的愛，落蒂也深愛著妻子，只要詩集內方便加插照片，落蒂就會放上和妻子的合照，如《詩的旅行》、《臺灣之美——詩寫臺灣》二集皆是。但為要燙平落蒂滿腹的不合時宜，其妻也會直接與落蒂「對抗」。這些情況，亦見於落蒂詩中，例如〈黑色奇萊〉所記，落蒂已登過眾多山峰，唯有時時望見的奇萊仍然未上，於是多次心癢癢地向妻子表示，一定要在有生之年登上奇萊。愛護落蒂的妻子則說，包括清華大學的七位學子在內，歷年來已有許多人命喪奇萊，勸喻落蒂打消念頭，甚至以「在家擦地板／從一樓　擦到／五樓」的幽默說法，要落蒂登樓以代登山。如此幾度交鋒，夫妻鬧來鬧去，卻不傷感情，有次來到北港溪的堤岸，對著黃昏，對著滿天的彩霞，與妻子浪漫出遊的落蒂還是舊事重提，又一次說：「即使／像悲壯的落日／我也要　登上／夢中的奇萊」。從落蒂一再向太太徵詢批准可見，他始終是尊敬愛護妻子的；而妻子千方百計阻止落蒂去做危險的事，何嘗又不是由「情」驅動呢？

因此，落蒂在詩作中也歌頌妻子的「柔力」，如〈滿月圓〉記一位「帶著昨晚的疲憊／滿身都市的灰塵／公司盈餘報表／股市漲跌指數的人」，當嗅到落蒂「妻煮的咖啡香／混合著處女瀑布的氤氳」，就回轉腳步，「走了回來」，隨落蒂他們「一起／循著溪聲／走進密林中」，有類於〈與宋元思書〉所形容的「鳶飛戾天者，望峰息心；經綸世務者，窺谷忘返」。借此一事，具見落蒂妻子滌淨人心的感染力，也反映落蒂對妻子的欣賞。

妻子有「柔力」之餘，也有生氣的時刻，重情愛妻的落蒂則善於化解太太之怒，以〈花的變奏曲〉為例：「妻生氣問我／你怎麼在花瓶裡／插上／雞毛撢子／我吶吶的說／那是／那是我在市場／精心挑選的百合／精心挑選的百合／插在花瓶裡／卻在靜寂的夜裡／招進滿室的月光／滿室的月光／在室內繞了兩圈／不耐的問候牆頭的杏花／牆頭的杏花低頭／指著滿地的玫瑰／滿地的玫瑰／生氣的隨著月光／越牆而去／只留下／妻抱著空空的花瓶」，先是以「吶吶」的低姿態語氣避免怒火升溫，再來是似乎在解釋甚麼，但繞來繞去，原來是把話題帶走，妻子僅只抱著一個空花瓶，沒有收到甚麼答案，但怒氣也自消失無蹤了。

這裡固然不能不提落蒂與妻子的愛情結晶——照片同收《臺灣之美——詩寫臺灣》的三位千金。在落蒂新開設的臉書上，已可見他與女兒共聚歡慶生辰的訊息和相片；在落蒂最新出版的詩集《大寒流》裡，也收錄一首專寫諸女兒之作：〈遠古的記憶〉。〈遠古的記憶〉寫落蒂回到老家古厝，在三個女兒玩耍讀書的房間檢視舊物，從大女兒的芭比娃娃、二女兒的古董鋼琴、三女兒的大富翁桌遊等，對比今昔，想及三位女兒現在或在遠方努力工作，或在各地巡迴演奏，或在外資銀行點算鈔票，各自成才，心感欣慰之餘，亦攥緊承載往昔片段的舊物，珍愛記憶，珍愛著他即使長大但永遠仍是孩子的三個女兒。以數量計，落蒂寫女兒的詩尚不覺多，期盼落蒂接續書寫，當能為讀者展示情感緊緊相聯的父女深情。

三、不薄今人愛古人

除卻家人之外，落蒂亦對朋友、學生，乃至不認識的一般人有情，且能愛及已逝者及未來者，對古人和後世之人存著濃厚情意。

在友朋方面，落蒂與人的情誼不因時移而易，反是歷久尚持，其〈風夜歸來〉嘆息歲月飛逝，自己已成了一個「疲憊的旅人」，在人生的旅途上走得步履蹣跚，唏噓之至。可是，一當憶起二十年前一道「煮酒論劍」的少年友人，那些「意氣風發」的美好年華就重現眼前。即使和朋友時有針鋒相對的觀點，甚至偶生齟齬，落蒂還是期待能夠再聚，盼望著：「有誰還來與我／爭論風雨／有誰還來與我／終宵煮酒／彈琴／論劍」，珍重友誼之情，溢於言表。

現在的落蒂有不少詩人朋友，有時是愉快切磋，輕鬆說笑，如〈詩友戲謔圖〉「砍頭詩」一章，謂管管（管運龍，1929-）寫了「從盤古開天／堯舜禹湯／一直砍到／清末民初／再砍到台灣／只剩下一行」的九行詩，於是自己也寫一首九行詩回應，反其道而行，「從台灣加到／世界各地／成了千行詩」，令管管哈哈大笑，連說落蒂「你欠砍頭」；「搖頭詩」一章，則張默（張德中，1931-）、辛鬱（宓世森，1933-2015）和碧果（姜海洲，1932-）皆對落蒂新寫成的一首詩「搖頭」，表示應能更好，落蒂卻彷彿受到詩友們反應的感染一般，當即「搖頭擺腦」起來，笑著說自己「寫了一首／搖頭詩」，與眾好友哈哈一樂。這些創作，都見出落蒂與詩友不生隔膜，坦誠相處，情感真摯。

落蒂與詩友的互動還有不少，他和詩友相聚，可以在附近的咖啡店「忘情的聊了一個夏午」（〈那個聽你忘情高論的夏午——致某詩人〉），也可以出關萬里，在遙遠的天涯一同體驗新事物，發掘題材，如與一信（徐榮慶，1933-）等的新疆之旅，便衍生出〈魔鬼城〉、〈伊犁河〉等多首旅遊詩。落蒂和詩人朋友之間，既可以天南地北聊詩趣，也可以天南地北走透透，以詩國事業相勸勉。談到以詩國事業相勉，在〈天涯共此時——致憲陽、石平〉中，落蒂便為朋友「不時有詩文寄回共享」，或「在詩壇上栽種了／許多詩的花園」而大大快慰；〈詩人寫意圖——致某詩人〉則稱許朋友在詩中發出「震耳欲聾的／虎嘯／撼動城牆／翻過陰山／奔過秦嶺／如海浪奔騰／而／去」，又評其詩如「一杯走過極地／越過沙漠／可以一飲而盡的／清水」，能令飲者醺醺然，並預言有朝一日，必有有識者「為之載欣載奔／將它／小心拓印」，連無感的石雕也要為之震撼——有道是

「文人相輕」、「詩是自家的好」，這兩首詩卻都見落蒂衷心欣賞朋友的文藝成就，顯得無私，情義相照。

除了成年的友人之外，多年來擔任高中英文教師的落蒂也有不少「小朋友」。他不是販售知識的教書匠，而是亦師亦友地，與學生同感共悲。在「師說」一系列詩作中，〈蝴蝶標本——給丁丁〉留意到學生「茫然痛苦的表情」，為學生像蝴蝶標本一樣，因家長過分規劃而無法乘夢想飛翔，「那種豔麗只給人一種感覺／一種死亡和呆滯的感覺」，而深心難過；〈父與子——給康康〉記一名從鄉下到都市學習的學生，由於成績趕不上而「洩氣，終至自暴自棄」，但落蒂不以批評其品行為務，反是注意到他在陌生環境中的「掙扎」，了解其壓力，很同情他，更在這名學生喪父之時前往探視安慰，與哀者同哀；另外，〈我聽到生命痛苦落地的聲音——給凱凱〉寫一名「不擅長背書／也不想做背書機器」的學生，在父母、兄長的成就光環下不勝重負，落蒂因而花費大量時間、精神開解他，「三年來，多少晨昏／為你解釋生命的意義」，更讓學生發揮出文學才華，孰料這名年輕人還是選擇於十九歲時跳仁愛鄉吊橋自殺，對學生情深的落蒂乃「彷彿聽到／生命痛苦落地的聲音」，時時想起學生那「憂悒羞怯的眼神」、「傾訴」的話語，對他的思念，「仍在心中一直擴大／一直擴大」。落蒂「師說」系列的幾首作品均採平白如話的語言入詩，對學生作家人語，用情至切，反映出落蒂對學生的愛，尤能感動人心，催讀者淚下。

對熟悉的朋友、學生有情，對不認識的眾人，落蒂一樣灌注情意，譜而為詩，感人至深。落蒂固然會為他人的成就欣喜雀躍，如〈三灣梨園中的果農〉一詩，便衷心讚美農人「在像地獄一般孤獨的／山間曠野／把痛苦化成一簍簍成果／讓所有人笑開懷」的毅力。但更多時候，落蒂是為對抗命運的失敗者代言，如〈童年〉第三章寫從大陸渡海來到臺灣的阿兵哥，因思念海峽對岸的家，「個個淚流滿面／說心早已飛到海的那邊／尋找家鄉的小孩」，為士兵離鄉背井的際遇感到悲哀；〈馬祖印象——遊馬祖手記之一〉則關注老來「掃起咖啡屋和民宿的馬路」的阿兵哥，指他們一生悲慘，「只有時間／仍不斷撫慰那些傷痕」，最終卻仍不免老無所依的下場，令人愴然動容。

老無所依的，還有貧窮的拾荒者。落蒂〈拉著沉重推車的老人〉

寫老者出現，顫危危地，一步一步拉著車子，「吃力地喘氣將車停在路邊／從垃圾箱中翻找他要的金銀珠寶／那些別人棄置的報紙紙箱寶特瓶／還有不值幾文錢的破鋼舊鐵」，已勾勒出老人的困苦與不幸；落蒂更投入情感，由老者「推著笨重的車子／負擔愈來愈重／而撿到的東西愈來愈少」這一實景，進一步推想到「他一定背負著／如車上一包包沉重的命運」，追問「他家有多少人待養／是否有生病的老伴靠他醫療」。當察覺沒有人與老者交談，也沒有人對他投以關注的眼神時，落蒂痛切地呼籲「社會的良心」醒來，要挖掘出老人背後的故事，對他「投以真正的關注」。

落蒂亦特別關懷底層社會的女子，〈哭泣的外傘頂洲〉寫老婦人深知「祖先多人出海未歸」、「丈夫兒子可能一去不回」，而「出外改行謀生的鄉親」也都杳無音訊，但仍日日在海邊守望與編織；丈夫不在的賣蚵女則紮起裙擺，咬緊牙關，一手牽著年紀尚小的女兒，一手提著蚵仔、西施舌，負擔沉重，一晃一晃地來到漁市場叫賣。時光荏苒，小女兒或許不多久就會變成賣蚵女，而賣蚵女可能變成苦盼歸人的老婦，落蒂感嘆道：「賣蚵女／漁港老婦／依然浮沉在／命運的小舟上」，對儼如遭遺棄的底層女子一掬同情之淚。其他以底層女性為書寫對象的作品還有〈華西街〉，特寫為了家鄉親人而到城市出賣肉體的女子，在酒杯之間討生活，「像刀一樣切割」著精神，被命運「壓成紙片人」，飽受欺凌、剝削，苦不堪言，需要關切、救援，亦流露出作者的重情思想。

有些時候，落蒂會代入其他社會角色，以「我」作第一人稱書寫，身同感受地表達底層人士的悲哀。舉例來說，〈內灣木頭搬運工〉寫搬運工丈夫為了賺取收入，為太太買「裁縫車前的煤油燈」，讓孩子有稀飯可吃，而拼力去拉「不動如山的一綑巨木」，可惜意外發生，工人被壓在巨木下面，喪失性命，遺下孤兒寡婦，乏人照料。詩中最長的一句：「把我的命運綁上一根巨木也把我家的炊煙擺上去」，亦彷彿一根巨木，叫人讀了相當沉重，無法不同情身處基層的搬運工。〈洗窗工人手記〉寫洗窗工人「我」和小張負責清洗大樓的玻璃帷幕，可是吊籃和安全帶並不全然穩固，加上樓層愈高，風力愈強，小張漸覺暈眩，害怕得不得了的「我」仍安慰他說：「不要怕，不要往下看／想著晚上回家，有一些錢可以給／父母老婆和小孩」，祈求小張能鎮定下來。但當吊籃在二十五樓晃動得更厲害時，「我」也只能「開始祈禱／神呀！請牢固我的懼怕和不安／我家還有老母小孩」，指望神明施助解救。最終，小張從高處摔下，粉身碎骨，只換來死亡保險金和安家費，「我」亦被鋼索切斷了三根手指頭，在更換一條新安全帶後，還是要繼續洗窗的危險工作。通過「我」在手記裡的自述，落蒂細緻地表現出工人辛酸的心路歷程，一再思考經濟壓力如何把人迫入絕境，整首詩既可說是上佳的「工人文學」創作，同時亦是重情新詩的典範。

如果說〈卑亞南蕃社〉、〈武界傳奇〉等作還只是以遊人身分感受臺灣原住民生活的話，那麼〈最後的營火〉、〈辭別的清晨〉、〈心語〉、〈山中新子民〉、〈最後的雲豹〉、〈馬蘭山莊〉等，就斷然是念念愛顧原民之作。這些詩共同交織出的圖景是：由於漢人持續往山中發展產業，不但百年紅檜木難逃被砍的命運，原住民也不得不離開祖先一寸寸墾植的土地，離開山林，離開山中神靈，來到「中山北路／或每個夜生活的驛站」討生活，往後只能在都市街頭「品嚐家鄉的水果」；偏偏眾多學者只知呼籲保存原民「臉上刺青／

戴上羽毛衣冠」的刻板外觀，留皮不留骨，對護育原民文化欠缺全盤規劃，留在山林的原住民也因而更形失落，或是著起傳統衣裝「供人／照相」，或是以「唱歌」娛賓，轉成山中「新」子民，不再「佈置著崗哨／練習彎弓以及射箭／伐木或者採桑」，不再能維持「族人中的光榮」；間或有青年族人犯禁，恢復狩獵傳統，「以玩具弓箭／射殺雲豹」，則他必然會受到主流社會的撻伐——但是，那頭「在山產店……動也不動」的死雲豹，不也正暗合原住民無法再活現「英姿」的生存處境嗎？落蒂如泣如訴地寫下原住民的委屈，適好和布農族作家拓拔斯・塔瑪匹瑪（漢名田雅各，1960-）小說〈最後的獵人〉、〈夕陽蟬〉、〈情人與妓女〉等篇主題相合，都是以一顆赤心關注受現代文明侵害的原住民，對不認識者傳達了愛顧之情。

年月相隨的苦難使人煎熬，但突如其來的災禍何嘗不教人心搖神傷？對於身處災難中的人，落蒂的詩筆也未曾忘懷。其〈場景照片六帖——高雄氣爆事件有感〉「鏡頭1」寫道：「哀傷的燈光／肅穆的場景／一片弔喪花海／燭火燃著／官員鞠躬致歉／家屬哭倒靈前／死難者照片排成一整排／仍然是／昔日快樂健康的笑容」，最尾以笑容帶出悲劇效果，更加令人不捨那些健康快樂的死者，同聲一哭；〈蟋蟀之歌〉則以蟋蟀這種昆蟲代表詩人，「在永安煤礦前，為被埋的三十多人，／唧唧／在海山煤山兩礦前，晝夜不停唧唧」，以至「在許多事件之前，唧唧／在許多人前，為不平的事唧唧／二十四小時，唧唧，直到／力竭而死」，關懷及於包括煤礦災難在內的種種人禍。落蒂之情，可謂擴充甚廣，對一切認識、不認識的人，皆存顧念之心。

當然，落蒂對不認識者的情不一定都是沉重的，也可以是輕鬆的。例如〈在異國的公路上〉，寫「金髮碧眼的青年」主動和落蒂「討論／蘇東坡的念奴嬌以及／崔顥的黃鶴樓」，落蒂則「拿起濟慈的詩集／輕輕唸了兩句」回應，二人就「都相視而笑了」。在這裡，落蒂為讀者繪出了一幅不同國籍者彼此尊重對方文化的美麗圖景，讓人看見「天下朋友皆膠漆」、「四海之內，皆兄弟也」的情誼，顯豁、開朗、明快。

由愛顧今之眾人上推，落蒂對已逝者也有著特殊的情感。如前所述，落蒂常在詩作中思考經濟拮据者的養家難題，予以同情，到〈在茶馬古道上做夢〉一篇，他一樣想像百年前的騎馬人因有著「必須餵飽的家人」而毅然踏上崎嶇之路，關懷起古代迫於生計者的無奈與辛酸；落蒂注重現代人的挑戰，但對島上先民的披荊斬棘、篳路藍縷更是崇敬不已，其「菊島風情錄」第五首〈澎湖開拓館〉寫自己看見先民們使用的羅盤，頓時生起思古之幽情，覺得「黑海溝的海浪／狠狠的痛擊著我」，融入當初駛進澎湖的艱辛場景，流露出一種對先驅者的敬慕之情。

無論古今，落蒂都對被欺壓者寄予深切同情。古代受剝削的典型，在男子是遠戍邊地的士兵，落蒂的〈長城短調〉，因之也不是為歌頌長城的壯偉而作，反是直指萬里高牆乃「人類歷史上的一道／傷痕」，抨擊古代帝王不管「兵卒之死活」，為士卒「自秦漢起／就很少歸鄉」，被迫置身在「寒天大漠」的險絕環境中，一雙雙「淚眼更是望不穿／風雪的茫然」而黯然神傷。站在長城之上，痛心於古人為追逐功名這一「虛無的夢」而造成無數無謂犧牲，重視人情、哀慟不已的落蒂不禁唸起大悲咒來，卻猶覺得「有成千上萬的士兵／手執白骨／敲打應和著」，愁緒一般，揮之不去。在女子方面，落蒂則替古代地位低下、淪為夫家財物、被強制守節的婦女落淚——當看過安徽碩大的一排貞節牌坊之後，他痛心地在「短詩花束」第十二首〈徽州牌坊群〉裡寫道：「數萬個女人／在野外哭泣／只有少數幾位／能站上牌坊／站上去的女人／哭聲更大／讓石柱永遠潮濕未乾」。

梁實秋（梁治華，1903-87）引述約翰・羅斯金（John Ruskin, 1819-1900）的說法，提及讀書宜尚友古人，愛閱讀的落蒂，其詩亦往往與著名古人神交。例如〈廬山觀瀑——與李白唱和〉追問李白（701-62）廬山瀑布是否真有三千尺，〈與杜甫擦身而過〉則說想跟杜甫探討詩句，渴想與詩仙、詩聖對答交流；其他如〈過長江偶見水鴨子〉提及懷素（725-85）、米芾（1051-1107）、八大山人（朱耷，約1626-1705），〈雨季不再——再致憲陽、石平〉提及威廉・莎士比亞（William Shakespeare, 1564-1616）、羅賓德拉納特・泰戈爾（Rabindranath Tagore, 1861-1941）等，皆可見出落蒂對各地已逝藝術名家的嚮往之情，因用例甚繁，茲不一一列舉。但更深層次的，是落蒂確實關顧古人的感受，如〈在儋州遇見蘇東坡〉寫許多詩人在文化活動上只管「大啖美食紅酒」，享受七星級飯店和民眾歡迎的豪華招待，「極滿意眼前情景／並無閒暇體會東坡的心聲」，更只虛應故事地「在大會準備的長條宣紙上／匆匆寫下自我感覺良好不虛此生」，以致「穿著木屐戴著斗笠的詩人蘇東坡／獨自站在樹林暗處嘆息／對著現代詩人的朗誦揮毫而流淚」，落蒂也深感不安。這種發自內心對古人有情的表現，可說是落蒂獨特的筆法，他之情繫古人，勝於用典式偶提古人姓名之作，應不可以道里計。

至於關愛後世之人，落蒂的〈十三行博物館〉可為重要詩例。該篇寫通過參觀展覽，落蒂除了認識到幾千年前先民的生活面貌，能追索「祖先／如何耕鋤／如何渴飲／如何吃食」之外，更觸動其下開萬世的心念，發願要「留下某些／某些可以揭去泥封／展示在櫥窗中／那些血跡斑斑／打拼的印記」，上接「過去的世代」，引領「未來的世代」。以人為本，從過去的先祖、無數的古人，到未來的子孫、綿延的後世，落蒂之情，有如不盡長江，滾滾而來，無邊無際。

四、長使英雄淚滿襟

由親人而今人、古人，再由點及面，落蒂不但對單個人物或特定群體有情，更是對整套歷史文化有情，且無論中外；對生養先祖的土地有情，且特別期許鄉土文化能夠承傳下去。

在歷史方面，落蒂首先是對中華民族的苦難有「情」。〈夏末讀史〉寫自己每次閱讀歷史課本，只要翻到八國聯軍入侵中國一章，就會渾身不舒服，好像自己變成了一條毛蟲，被爬滿身上的螞蟻肆意攻擊；當讀到諸多強加於中國的不平等條約時，落蒂更會「鎩羽落淚」，無法再唸下去。讀書已然如此，若是親歷其境，重「情」的落蒂便更為痛苦。他在〈夜遊圓明園〉憶述八國聯軍對圓明園的破壞，指控當年的槍聲，使得名園淪為廢墟荒城，教人握腕長嘆；〈圓明新園〉則記述作者遊訪圓明新園，雖然園內歌舞妙曼，但當他一想到八國聯軍攻陷北京，圓明園第二次被燒毀的往事，所有眼前的美好景象，就都變成「紛飛的箭簇」，把作者刺成「身中萬箭的／刺蝟」，叫身心疼痛不已。

接觸其他國家的歷史時，落蒂一樣帶著悲憫情懷。他不以探查歷史的細節為務，在〈紀三井寺〉說：「人行道上有幕府時期的腳印／導遊細說著豐臣家和德川家的往事／我分不清誰是織田誰是在他之前之後」，而是重視對歷史的有情感悟，如到日本旅行，便一再思考戰爭禍害的問題。其〈大阪城〉通過城下所見，痛惜：「槍砲口仍在牆頭上發聲／告訴朝聖的人們／只要有人就有戰爭就有殺戮」，想到詩人似乎無力改變歷代皆然的這一情況，落蒂心中不免湧起一股莫名的蒼涼，惘悼以往橫死於大阪城激烈戰鬥的日人，以至世間所有受戰禍所苦者。

因為對世界各民族的歷史有情，落蒂渴望人們能從過往所犯的錯誤回轉，以締造普世的和平為念。他的〈小雁塔〉嘲諷窮兵黷武的野心家，指出日本的東條英機（TŌJŌ Hideki, 1884-1948）、義大利的貝尼托・墨索里尼（Benito Mussolini, 1883-1945）、蒙古的成吉思汗（約1162-1227）、法國的拿破崙一世（Napoleon I, 1769-1821）都曾經「想要世界第一」，但而今安在哉？以遊歷大阪為背景的〈旅日抒懷〉，則直指日本戰國群雄以至二戰時期的侵略者盡都功業不永，到頭來一場空，又何苦塗炭生靈？〈億載金城〉亦反諷著說：「數十寒暑的人們／竟想讓金城億載／所以秦皇漢武開疆拓土有理／所以成吉思汗鐵蹄到處有理／所以東條英機　希特勒　拿破崙／他們都是民族英雄」，暗示歷史上的所謂偉人，其實皆未為能建起億載不墜的霸業，更遑論為後世創造永久的幸福，不過是使邊庭流血成海水、千村萬落生荊杞的罪人，根本不值得效法。

回顧歷史，展望未來，重情的落蒂試圖為仍然紛爭處處的現代世界開出處方。他的〈橋〉設想韓國總統朴正熙（1917-79）與拿破崙、墨索里尼、東條英機等人不同，說他深諳「反正遲早都要被推向前／推向遠方，進入歷史」的道理，因此不求一己榮利，提出「如果我的崩塌對世人有益／我願意像一顆流星／燃放短暫而永恆的光芒」——朴正熙的這種心態，落蒂認為是有裨於全人類的。可是，人類在走過多災多難的二十世紀後，廿一世紀伊始，卻又頻聞戰爭與戰爭的風聲，落蒂的〈行吟者〉於是從「九一一」恐怖襲擊發端，苦苦思索「到底是什麼主義／可以讓暴力不再／讓仇恨不再」，慨嘆資本主義也好，共產主義也罷，都無法真正使世人和平幸福，為因為欠缺「情」，而「仍然日日夜夜／如獨行的危舟」的人們唏噓難過。巧合的是，〈行吟者〉多番引述杜甫，與吳森〈情與中國文化〉之標示杜甫為重情詩人典範，兩者實可互相發明。

世界的歷史若是遙遠，鄉土的文化肯定切身。落蒂的鄉土情，對象包括其出生成長的臺灣，以及文化上的故鄉——中國大陸。在落蒂筆下，鄉土上的舊事物，皆是連繫以往歲月的重要樞紐，如〈橫山老戲院〉所示：「老戲院仍以風燭殘年之姿／讓老人回憶／讓年輕人知道歷史」。然而，亦如「淡水采風」其一〈淡水老街〉所說：「時光是一個不停的馬拉松跑者」，不斷向前，把往昔遺下遠遠，就像眼前淡水河的落日，「紅紅的掛在出海口／誰也擋不住它的沉落」，無論是誰，也挽留不了甚麼。因此，重情的落蒂在面對鄉土的變貌時，常常禁不住憂傷的情緒，其〈逝水〉即以昔日的市集和小巷為背景，記述當年流行的野台戲已不再熱鬧開演了，「孩提時一起嬉戲的田野／已聳立無數集合式住宅／新設立的學校／輻射的交通網／讓人繞了迷路」——當察覺到舊時熟悉的一切，現在「除了陌生還是陌生」時，落蒂心中真的迷茫不已。〈逝水〉的題目借用古希臘哲學家赫拉克利特（Heraclitus, c. 535 - c. 475 BC）的名言「人不能兩次踏進同一條河流」，除了是照應作家在詩末的嘆息：「已無法在昔日玩耍的河中／沐浴在／原來的江水」，顯得頗富匠心之餘，實在亦強調了落蒂對鄉土人與物皆面目全非的感慨。

同樣，〈曾經〉一篇抒發對鄉土事物變遷的感慨，寫在明朝清朝讓渡海來臺者繁衍子孫的紅瓦厝「曾經十分風光過」，但隨著年輕才俊在現代陸續出走，或到臺北做貿易，或到外國唸書，偶有還鄉的，則「只為競選立委」，紅瓦厝因而淪為寂寞無生氣的建築，空虛孤立，令人陡生懷緬之情、滄桑之慨。類似之作是寫大陸安徽的〈宏村古鎮〉：「最豪華的一間古宅／子孫早已被迫流落他方」，當詩人乍見「吞雲軒只留下／昔日鴉片煙具和擺設／排雲閣也未聞／麻將聲」，便頓起四顧茫茫、欲語還休之感。相反，在「菊島風情錄」其九〈二崁古厝〉裡，落蒂看見「陳家老宅最多遊客發問／讓二崁聚落重新／活了起來／四十餘間古厝／也活了起來」，詩人自己也便快慰起來，陶醉在「有趣的台語褒歌」中，為歷史，不，昔日的生活情境得到保存而滿足。

五、潤物細無聲

唐君毅〈與青年談中國文化〉說：「人有仁所以能愛家人，愛國人，愛天下一切人。以至對於禽獸，都欲見其生不忍見其死，對於草木山川，都可有情，而極至於樂觀彼萬物之生生不已，而有贊天地之化育之心。」對人類有情，對承載人文的鄉土有情，更進一步，民吾胞，物吾與，落蒂對自然物也有深厚的關愛。

物我交感交流，是落蒂詩的常見現象。「淒涼四韻」的第一首〈詩箋〉寫道：「也許／那一片楓葉／最能知曉／我心中的／祕密／我把它夾在日記中／反覆的／讀著」，表現出詩人的有情宇宙觀，視萬物皆為可以溝通交往的對象，故能在知音幾稀的淒涼處境中，將心事寄予楓葉——李白「相看兩不厭，只有敬亭山」、辛棄疾（1140-1207）「我看青山多嫵媚，料青山見我應如是」等，都可說是落蒂〈詩箋〉的前身。這種萬物有情的觀念，亦見於落蒂〈秋的江邊〉：「我甚至於找一塊青石／坐下來和江上的浮萍討論」，寫出詩人與浮萍青石分享心中美的感受，能一同欣賞那野雁騰空飛起時的景致，欣欣交流，情在其中。那麼，「菊島風情錄」其八〈天后宮〉寫詩人能夠了解游魚「因滿心歡喜而抖擻起來」的快樂，近似《莊子》「知魚之樂」，實際並不玄乎其玄，只是詩人因對自然有情，而慣與萬物相交的尋常事而已。

為動物悲喜，乃是落蒂詩的一大特色。喜方面，「寫瀑三題」之二的〈五峰旗瀑布〉記為松鼠而樂：「松鼠們如果／能永遠快樂奔跑／穿梭跳躍／在四周濃密的森林／誰不願／／為牠們伴奏／稀世的天籟」，樂也融融，陶然忘機；〈山中物語〉一首，詩人亦因為「突然從芒草箭竹間／奔出一隻久已絕跡／讓眾人驚呼的雲豹」而歡欣不已，慶幸雲豹仍然存活。這些詩例，都合於唐君毅「樂觀彼萬物之生生不已」之意，是詩人重情的印記。

落蒂與動物同悲同喜，而其詩中較多出現的對象，則是牛、魚和各種禽鳥。先說牛。〈牛說——北港牛墟所見〉代入牛的角色，歷述主人對自己的苛刻暴虐，固屬落蒂同情動物之力作，而〈鄉村即景之一〉寫老農不捨地「將老牛／牽上貨車，然後／含淚，目送卡車／絕塵而去」，捕捉老農「頹然坐在樹下」，明知牛已遠去卻仍喃喃著「老牛，／別哭！」的形象，更是繪影繪聲地寫出了和牲畜難以割斷的情感，表達出人對動物有情的觀念。在〈觀「刺牛」有感〉中，落蒂揚聲反對殘酷的鬥牛活動，改以「刺牛」稱之，還說要解開牛身上的繩索，讓牠更靈活地避開刺牛者的攻擊；要在牛角上綁兩支劍，讓牠的反擊更使人警惕；甚至要在牛尾巴點一把火，燃起牠胸中之怒，讓牠更拼命地抵抗鬥牛士的挑戰。落蒂在〈觀「刺牛」有感〉的結尾寫道：「觀眾　不要叫好／不要鼓掌／好嗎／記者　不要特寫／不要全程報導／好嗎」，一來可理解作他對人們在「刺牛」活動中崇尚暴力的反感，二來若把這幾行都看作牛的心聲，則落蒂是表現出牛不希望落敗鬥牛士的尊嚴受旁觀者的凌遲，對一心只想傷害自己的對手仍存愛顧之情。可以說，重情的落蒂不但寫出對動物之情，更寫出動物所涵蘊的情，令作品更有深度。

如〈飛牛牧場〉、〈頤和園〉等詩所示，落蒂並非不吃肉，但他似乎對親手屠殺動物存有戒心，有著「君子遠庖廚」之風。特別值得注意的是〈狩獵〉一篇，在參與捕獵行動時，落蒂只感到周圍「燠熱」難耐，連植物都「垂頭喪氣」，毫無興致可言；終於一聲槍響，撼動山林，嚮導失望地表示：「完了，所有的努力全白費／標的物嚇跑了」，落蒂反而鬆一口氣，為殺戮中止而把「緊繃的神經／鬆懈了下來」。對於魚，落蒂詩也有「捕不到」的寫作原則，如〈童年〉：「我的竹簍總比牠們／慢半拍／常搶拾不到任何一隻小蟲／更別說泥鰍了」；〈某些堅持〉：「我讓我的魚簍空空／讓我的魚線折斷／讓我的魚網粉碎」；〈在陽台垂釣〉：「即使我的釣線拋得再長／網張得再大／魚仍自在悠遊／我的魚簍仍然空空」；〈夢中的魚〉：「慢慢的拉回慢慢的收網／竟然拉回一網子水聲／拉起一竿子泡沫／慢慢的我慢慢的拉回／拉回一網子空」；〈上街垂釣〉：「他們彷彿收穫頗豐／魚簍滿滿　而我／而我仍然一無所獲」；〈在山海間奔波〉：「而我竟然連人帶鏢／跌入海中沉到深黑的海底」……似乎對魚有種獨特的「不捕」之情。明乎此，那麼落蒂能以工筆細描，在〈魚語三章〉寫出游魚落網後被送到漁市的痛苦所感，就絕對不能算是意外了——市中魚「任人叫賣一斤幾元／任人選取最中意的部位」的悽酸，「手起刀落／血淋淋的我的身軀／一塊塊的擺在販賣桌上」的不幸，誠如落蒂所言，「只要原原本本擺在那裡／就是最震撼的意象」，詩人對自然生命的同情在在可見。略作補充，「殺魚」作為負面意象，也出現在落蒂的〈竹園漁港〉中，與出海謀生者丟掉性命，以及酒肆公關虛情假意地勸酒一樣，都教作者「茫然」，而〈是雨不是淚〉則更為直接地表達出對魚的關愛：原來，長江截流的工程持續進行，人類的重機械大建設將令中華鱘魚失去天然的繁殖環境，以後只能靠人工孵育來延續生命，落蒂乃感慨「似乎有人除了／寫祭鱷魚文外　還要／多寫一篇／祭鱘魚文」。

至於禽鳥，落蒂深深喜愛牠們像藝術作品一樣的姿態。〈鷺鷥〉裡寫：「縮起一隻腳／田野中的一隻／鷺鷥／／垂下頭／立在蒼茫中的一隻／鷺鷥／／伸長脖子／欲啄食月光的一隻／鷺鷥／／漸行／漸／遠／／一個白色的驚嘆號！」讚歎鷺鷥凌空而起的身姿，最後一行不僅描摹出鷺鷥之顏色、形態，更契合作者心中之驚訝、雀躍。〈秋的江邊〉把翔起的野雁比喻為文學的精品絕句：「一隻野雁叫了一聲／掠過對岸／／我看到一首絕句／寫在渡口的天空」，而〈過長江偶見水鴨子〉更說水鴨子在江水鋪成的「宣紙」上凌空飛起時，是「飛白」；划水時，是「以懷素的狂草／在水面形成／一幅抽象波紋」；潛在水下，也可能變化出米芾或八大山人的風格，極致地歌頌鴨子的美態，為其充滿生氣而喜，反映出一種對禽鳥的欣悅之情。

那麼，動物之外，植物是否亦一樣深為落蒂所關愛呢？答案是肯定的。舉〈哭泣的玫瑰〉為例：「昨夜對著月光／吐露心事的玫瑰／

今晨竟在蟲蛀聲中醒來／殘破的花瓣／還停留幾顆／晶瑩的露珠／我輕撫她的淚痕說／不要哭／親親／昨夜你已燦亮過」，詩人竟為一株光彩短暫的玫瑰動情，輕撫它，安慰它，將自然的鮮花凋謝看作哀傷的生命悲劇，要說落蒂不是深於情者，應是絕不可能的。其他詩例，還可參考落蒂〈哭泣的銀杏〉、〈木棉花〉、「心情兩首」的〈古典玫瑰〉，以至〈驅車入林〉專寫神木的第六章、第九章等，其對植物之情，處處流露，俯拾皆是，不必轉角，就可遇見。

吳森〈情與中國文化〉曾說：「中國人對自然物採取欣賞的態度，這是藝術的意識。這和西方人用科學的態度征服自然很不一樣。」這在落蒂詩裡一樣得到印證。落蒂愛詩，精研詩藝，乃至對詩有近乎信仰的熱情，如〈讀報〉所寫：「我把尚未結集的詩稿／放在鍋中煮／一縷清香／上達天聽」，謂即使寫詩不能賺錢，卻仍自有妙香，可以感動蒼天。但在自然之美跟前，落蒂卻屢屢自承無法以詩來表達甚麼，例如〈蘆笛岩〉說：「從洞外的亮麗陽光中／走進微光的世界／眼睛突然為之一亮／遂驚見千萬年的時光巨匠／竟能以無形的藝術家巧手／為我們雕成神奇璀璨的殿堂／我的頭髮開始一束束掉落

／／手上的筆也開始風化／詩也一個字一個字消失／腦袋逐漸空白／面對如此神奇巨構／一股電流通過而至全身／麻木」。此亦無他，只因落蒂衷心認為，大自然才是最好的詩人、最好的藝術家。他在〈那夜的水聲〉裡說：「月光淡淡照在／夏雨過後的彌陀寺／照在八掌溪的水波上／耀動的水波／彷彿千萬首詩億萬首詩」，謂只要水波與月光配合，輕輕揮灑，便已變化萬千，不可窮盡，遠勝於詩人苦心孤詣的經營；另外，落蒂在〈登滕王閣〉說由於登樓四望，卻「沒有落霞也沒有孤鶩」，加上貨船游弋的江面斷續傳來重機械的嘎嘎聲，各樓層商店區的叫賣吆喝又永無寧息，周圍嘈雜異常，實在無法刺激出詩興，但沒料到，正在他苦苦覓尋詩句而不得時，大自然忽然降下「晚春最後一場雪」，那「飄然落下」的美景，憑空便寫就了極富興味的詩行，讓詩人甘拜下風。通過這些描述，在在可見出落蒂對大自然的仰慕、敬愛，一往而情深。

大自然有隨興的小品傑作，也有動地驚天的大手筆，叫落蒂全然傾注深情。〈玉龍雪山〉寫詩人在宏偉的山前整個人都「怔住了」，不是由於高山反應，而純粹是由於「對美的一種痴狂」；〈灕江〉寫煙雨中的美景猶如「故宮名作／最特出最令人難忘的／淡墨山水」，令詩人「幾乎對自己的眼睛／產生懷疑了」。如斯美景，已是不凡，但〈黑部立山雪牆——旅日手記之一〉形容雪牆上一絲絲細密的冰針，似乎是詩人「昔年一再夢到的銀山拍天巨浪」，也似「在博物館中見到的或唐宋／或明清或現代或古代的大畫家／那一支開天闢地的巨筆」，能夠將浩瀚宇宙凝縮於一堵白牆之上，又延伸至無限，更是使落蒂震撼不已；「短詩花束」第十一首〈始信峰〉云：「如果此刻／我飛了出去／飛向那迷人的山谷／一定不是自殺／而是／受了美的驚嚇」，神迷於自然之美，直教生可以死，死可以生，落蒂對自然大手筆的鍾愛，豈不是躍然紙上？

正因如此，落蒂不能忍受人們對自然的破壞，其〈孤獨立在黃山上〉指纜車的鋼索橫斷山景，「粉碎了千萬年／人們對美的仰望」，有損自然的藝術，〈飛來句偶拾〉第六首亦惋惜：「有人仰天長嘆／嘆當年忘了刻上階梯／以致讓人加上纜車」，不滿於現代科技對自然界征服式的介入。另外，〈青草湖〉寫因人們發展旅遊，以致青草湖完全消失，空有名字留在地方史冊之上；〈天池〉寫塔羅彎溪源頭的天池正受到「人們從山腳下／一路開發而來」的步步進逼所威脅，「藻類正扼住／她的咽喉／污染／正一刀一刀的削去／她的生命」，慘不忍睹，作者唯藉著岩壁上汩汩而出的流水，寄托心中不停垂淚的傷懷；「雜感兩章」的〈海岸斷想〉則記作者吟誦著林亨泰（1924-）〈風景（之二）〉的名句，卻發現「如今／防風林哪裡去了／代之而起的是／轟隆的機械聲／以及水泥塊／以及長長的水泥海堤／以及填海造陸／以及林立的工廠」，令陶醉於自然的美夢澈底幻滅。凡此種種，都可見出落蒂對自然有情，深深地為自然的不幸而悲哀。

若說歌頌自然本是詩家常事，那麼，落蒂的獨特之處，實在於他確能以心融入自然，深情相契，而非「例行公事」、「呈交習作」式地以詩紀行。〈七星公園摩崖石窟〉寫過：「許多歷代自稱文人雅士／都來這裡又刻又畫／只因許多學者都來／又研究又欣賞又讚嘆」，純因摩崖石窟美名已揚，附庸風雅者於是紛紛前來，刻刻畫畫，定要留下與之相聯的作品，結果是「一些剛剛冒出的小草新芽／被急急前來書寫的大腳／踩到而頻頻呼痛」，那些文人雅士並未真心感受自然奇工，僅僅是為石窟帶來大大小小的傷害，令人痛惜。與之相反，落蒂是心凝形釋，與石窟、窟外的大樹合而為一，靜靜地，「只欣賞瀟洒飄過的雲／只欣賞自開自落的花」，對自然界絕不採探究式的wonder態度，而是流露關愛式的concern，這也與吳森〈情與中國文化〉對「情」的定義如出一轍。〈在楓紅中飛升與沉落——黑部立山賞楓心情〉的「仔細品詩」一節，落蒂也對詩人們「歌頌楓紅／而眼裡心裡／都沒有／楓紅」的觀賞方式表示不屑，其深層原因，便是渴望與自然建立真切聯繫，而非逢場作興，這便是落蒂對自然有真情，因而與眾家詩人不同的地方。

綜合落蒂對歷史文化與自然界之情，或許可以說：國破，則落蒂悲，且思考和諧之道，企能為萬世開太平；山河在，則落蒂喜，且思考護理之道，企能贊天地之化育。落蒂新詩之情，可謂深遠宏闊。

六、結語

本文以情切入，可說是對落蒂新詩主題的一番整理與回顧，更周全的討論、更深入的析讀、更微觀的鉤沉，尚待展開。這一階段，姑以重情精神為中樞，點射其餘，略陳落蒂詩的幾項要點如下，供讀者檢驗：

（一）落蒂重情，兼及自然物，但落蒂尤以愛人類為務，以人為核心，故如〈二二八公園〉言：「我的心冷了　即使／我瞄準一隻狗也會發抖／何況我的兄弟我的族人」。反過來，我為人人，人人為我，落蒂亦對他人抱有信心，如〈入山〉說：「我的方向盤逐漸失控／只好將車停在／山腰間一戶有燈火的人家」，以象徵角度看，便是當有失誤之時，仍可信賴旁人的施助。而既然以人為核心，類似於儒家「未能事人，焉能事鬼」的說法，落蒂的〈福安宮〉也不無諷刺地指出「所有人都希望神明平安廟宇平安／大家都平安／它卻在飄渺的煙霧中」，並對廟宇「忙著收香油錢」的斂財舉動略有微言。

（二）「君子喻於義，小人喻於利」，義和利總是對立的。落蒂重情義，對於一味趨利者，如〈刮鬍刀〉裡奉迎拍馬的上司，會作不客氣的抨擊；在〈德天瀑布〉裡，他對著名景點上「一群群旅客／與一攤攤商販之間／正展現人性的貪婪」等情況，也備感「憂鬱」。此外，落蒂特別批評虛情假意以圖利者，如〈悔悟〉的「有人虛意撫慰老人的寂寞空虛／有人表演餵哺失怙的小孩」，以至〈美工刀〉中為了生活而裝模作樣「與人握手微笑」的自己，落蒂皆表示反感。「唯仁者，能好人，能惡人」，落蒂在重情之中，也保有重要的道德判準。

（三）因為重視，落蒂對動情對象的記憶特別持久，如「菊島風情錄」第四首的〈林投公園〉：「誰在那裡等我／一直不斷搖晃的影子／水上摩托車／掀起數十年前／在我胸中／從未消逝的／一朵浪花」，其情動輒綿延數十寒暑；〈梅山公園〉亦為一證：「一朵雪白的梅花／多年來一直雪白在我心上／／一朵清香的梅花／多年來一直清香在我心上／／一個依稀的倩影／多年來一直飄忽在我心上／／一個山邊的小公園／多年來一直緊貼在我心上」。如果說重情而包含本文所言的縱橫面各種對象是「廣」，持續不斷地關愛對方則是一種「深」，落蒂詩中之情，委實是既廣且深。

（四）佛教的空義在落蒂詩裡屢屢可見，宜以另文詳加探討。但有趣的是，重情精神多少影響了落蒂以佛教為題材的創作，故如〈歲末，峨嵋遇雪〉第四章會這樣寫道：「阿彌陀佛，一聲佛號／自我身後響起／原來，我的佛／竟在後面列隊的人群中／與眾人亦步亦趨」。佛在眾生中，求佛，不如也回頭關懷世人，這是落蒂詩思的妙處之一。

（五）落蒂有意弘揚的「重情精神」，其實乃「中國文化」的重要傳統，兩者密不可分，是以落蒂非常擔憂「去中國化」的問題，其〈把一切捏在掌中〉等詩，可為例證。他在「詩寫高雄」第二首〈蓮池風景區〉寫道：「一位洋人拿著相機／猛拍二十四孝十二賢人／尤其讚嘆地獄世界／多麼有益人心」，借外國人的舉動，暗示中國之「情」可以為西方帶來啟發，與吳森〈情與中國文化〉結尾稱言美國社會個人主義橫行，提倡「中國文化的『情』，是世界人類精神病的良藥」可謂暗合。在重情的同時，落蒂亦有意無意地為中國文化作了宣傳，期以詩筆所承的精神，拯救終無安寧的世界。杜甫詩說：「安得廣廈千萬間，大庇天下寒士俱歡顏。」字面雖與落蒂詩不同，但兩者的濟世情操，宜乎是相投合的。

落蒂的重情世界，包攬一切人、物，廣而復深，若讀者潛沉其中，反覆咀嚼，當可陶冶性情，增益仁心。這是落蒂詩有裨教化的一個方面，或值得關心世道者加以推廣。詩人佳作的其他主題，如佛家空義的貫徹、臺灣人文地理學的實踐、旅遊詩的內涵等，以至其千萬變化的寫作技巧，皆尚俟後論。落蒂詩愈轉愈精，如得論家投以更多關注，必然是詩壇所喜見樂聞之事。

後記　一片冰心在玉壺

《大寒流》終於要出書了，感謝林煥彰兄、蕭蕭兄、向陽兄及余境熹教授賜序。為本詩集增加無限光彩。

尤其要感謝余境熹教授，他博學多能，融通古今中外，旁徵博引，在酷暑中通讀我全部詩集，寫成〈落蒂詩中的重情精神〉，十分深入，要刊在十月份《秋水詩刊》專欄「詩壇指標人物誌」中。該專輯影響深遠，頗受重視，十分感謝。現在附錄在《大寒流》書中，有助於讀者瞭解我的詩，是一篇很好的導讀。

有詩友問我《大寒流》命名用意。我回他：用心讀我的詩可知。我常在報刊上發表關於初戀女友離去乃因我憂國憂民個性，怕不得善終使然。如今面對紛亂世情，心中盼望有解世紛、濟蒼生、安黎民的人物出現，惜吹來的都是西伯利亞的大寒流，非為一己之私，妄想在詩壇揚名立萬，以上向好友報告。

謝謝《創世紀》好友及詩壇好友熱情鼓勵，以及眾多詩友的支持，使我年過七十仍有勇氣寫下去。秀威的全體編輯和員工的辛勞，讓這一本書如此亮麗面世，致上最誠摯的謝意。

最後就是謝謝愛詩人的閱讀和收藏了。非常感謝。沒有大家的支持愛護，早就停筆不寫了。在人靜燈孤獨的深夜。特別想與好友們「奇文共欣賞，疑義相與析」，尤其盼望「何時一樽酒，重與細論文」。當您一面展讀詩集時，就一面想著這樣的境界吧！您若問我現在的心情，我就以王昌齡芙蓉樓送辛漸詩：「洛陽親友如相問，一片冰心在玉壺。」來送給您，這樣，您滿意了吧？好了，祝閱讀愉快。

語言文學類　PG1885　秀詩人17

大寒流

作　　者／落　蒂
責任編輯／盧羿珊、辛秉學
圖文排版／周妤靜
封面設計／葉力安

發 行 人／宋政坤
法律顧問／毛國樑　律師
出版發行／秀威資訊科技股份有限公司
114台北市內湖區瑞光路76巷65號1樓
電話：+886-2-2796-3638　傳真：+886-2-2796-1377
http://www.showwe.com.tw
劃撥帳號／19563868　戶名：秀威資訊科技股份有限公司
讀者服務信箱：service@showwe.com.tw
展售門市／國家書店（松江門市）
104台北市中山區松江路209號1樓
電話：+886-2-2518-0207　傳真：+886-2-2518-0778
網路訂購／秀威網路書店：http://www.bodbooks.com.tw
國家網路書店：http://www.govbooks.com.tw

2017年10月　BOD一版
定價：320元

國家圖書館出版品預行編目

大寒流 / 落蒂著. -- 一版. -- 臺北市 : 秀威資
訊科技, 2017.10
面； 公分. -- (秀詩人 ; 17)
BOD版
ISBN 978-986-326-467-5(平裝)

851.486 106015412

讀者回函卡

感謝您購買本書，為提升服務品質，請填妥以下資料，將讀者回函卡直接寄回或傳真本公司，收到您的寶貴意見後，我們會收藏記錄及檢討，謝謝！

如您需要了解本公司最新出版書目、購書優惠或企劃活動，歡迎您上網查詢或下載相關資料：http:// www.showwe.com.tw

您購買的書名：＿＿＿＿＿＿＿＿＿＿＿＿＿＿＿＿＿＿＿＿

出生日期：＿＿＿＿年＿＿＿＿月＿＿＿＿日

學歷：□高中（含）以下　□大專　□研究所（含）以上

職業：□製造業　□金融業　□資訊業　□軍警　□傳播業　□自由業

□服務業　□公務員　□教職　□學生　□家管　□其它＿＿＿

購書地點：□網路書店　□實體書店　□書展　□郵購　□贈閱　□其他

您從何得知本書的消息？

□網路書店　□實體書店　□網路搜尋　□電子報　□書訊　□雜誌

□傳播媒體　□親友推薦　□網站推薦　□部落格　□其他＿＿＿＿

您對本書的評價：（請填代號　1.非常滿意　2.滿意　3.尚可　4.再改進）

封面設計＿＿　版面編排＿＿　內容＿＿　文／譯筆＿＿　價格＿＿

讀完書後您覺得：

□很有收穫　□有收穫　□收穫不多　□沒收穫

對我們的建議：＿＿＿＿＿＿＿＿＿＿＿＿＿＿＿＿＿＿＿＿

＿＿＿＿＿＿＿＿＿＿＿＿＿＿＿＿＿＿＿＿＿＿＿＿＿＿

＿＿＿＿＿＿＿＿＿＿＿＿＿＿＿＿＿＿＿＿＿＿＿＿＿＿

＿＿＿＿＿＿＿＿＿＿＿＿＿＿＿＿＿＿＿＿＿＿＿＿＿＿

請貼
郵票

11466
台北市內湖區瑞光路 76 巷 65 號 1 樓
秀威資訊科技股份有限公司 收
BOD 數位出版事業部

（請沿線對折寄回，謝謝！）

姓　　名：＿＿＿＿＿＿＿＿　年齡：＿＿＿＿　性別：□女　□男

郵遞區號：□□□□□

地　　址：＿＿＿＿＿＿＿＿＿＿＿＿＿＿＿＿

聯絡電話：(日)＿＿＿＿＿＿＿＿　(夜)＿＿＿＿＿＿＿＿

E-mail：＿＿＿＿＿＿＿＿＿＿＿＿＿＿＿＿